QUAND UNE LIONNE GRONDE

LE CLAN DU LION #7

EVE LANGLAIS

Copyright © 2015/2021 Eve Langlais

Couverture réalisée par Yocla Designs © 2021

Traduit par Emily B, 2021

Produit au Canada

Publié par Eve Langlais

http://www.EveLanglais.com

ISBN livre électronique: 978-1-77384-267 7

ISBN livre pochet: 978-1-77384-268 4

Tous Droits Réservés

Ce roman est une œuvre de fiction et les personnages, les événements et les dialogues de ce récit sont le fruit de l'imagination de l'auteure et ne doivent pas être interprétés comme étant réels. Toute ressemblance avec des événements ou des personnes, vivantes ou décédées, est une pure coïncidence. Aucune partie de ce livre ne peut être reproduite ou partagée, sous quelque forme et par quelque moyen que ce soit, électronique ou papier, y compris, sans toutefois s'y limiter, copie numérique, partage de fichiers, enregistrement audio, courrier électronique et impression papier, sans l'autorisation écrite de l'auteure.

CHAPITRE UN

— Remets-la.

Car une fois n'était pas suffisante pour qu'ils comprennent vraiment ce qu'ils venaient de voir.

Sans un mot et avec un air sérieux, Arik, le roi du clan des lions, diffusa à nouveau la vidéo sur le grand écran. Pendant un moment, le silence régna, ce qui était rare quand plus de quelques membres du clan étaient réunis.

La vidéo pixélisée, filmée dans des tons verts – l'enregistrement ayant été effectué de nuit à l'aide d'un filtre spécial – dévoilait une clairière dans une jungle, du moins c'était ce qu'indiquait la végétation aux larges feuilles. On y apercevait une femme qui courait avec ses longs cheveux qui flottaient derrière elle, vêtue d'un bikini, à peine dissimulée par la fine étoffe.

La femme à l'écran jeta un coup d'œil par-dessus son épaule, le visage tourné vers la caméra, la consternation se lisant sur ses traits. Sa poitrine se gonflait distinctement au rythme de sa respiration. C'était une sacrée poitrine. Et celle plus modeste de Stacey, la détesta, par principe.

Il y eut un mouvement flou vers le bord de l'écran et

une autre silhouette entra dans le champ. C'était clairement un homme d'après sa taille et son apparence, mais il n'était pas tout à fait humain.

—C'est quoi ce bordel ? demanda Luna qui était toujours aussi éloquente.

— On dirait un Minotaure, remarqua Melly en penchant la tête, comme si le fait de la tourner sur le côté allait l'aider à y voir plus clair.

— Mais avec une tête de lion. Trop cool, ajouta Meena.

— Sympa le pagne.

Stacey remarquait toujours les petites touches de style.

— Je n'ai jamais entendu parler d'un Minotaure avec une tête de lion, remarqua quelqu'un d'un air perplexe.

— Surtout que les Minotaures ont des têtes de taureaux.

— Mais est-ce qu'ils ont des couilles aussi grosses que celles des taureaux ?

— On s'en fout putain ! s'énerva Luna. Ce n'est clairement pas une tête de taureau donc ce n'est pas un Minotaure.

— Comment devrait-on l'appeler alors ? Un Liotaure ? dit Joan en ajoutant son grain de sel.

Face aux exclamations : « Super idée ! » et aux filles qui tapèrent dans la main de Joan, certaines y allant plus fort que nécessaire, le problème concernant l'appellation de cet homme à l'écran fut vite résolu. Cependant, cela ne répondait à aucune de leurs questions.

— C'est une vraie vidéo ou c'est un canular ? demanda Teena qui avait dû rester debout étant donné que la chaise sur laquelle elle s'était assise s'était effondrée de façon inattendue.

Arik haussa les épaules.

— Aucune idée. Les images ne sont pas assez claires pour déterminer s'il s'agit d'un masque ou non. Cependant, je n'ai jamais vu ni entendu parler d'une espèce avec un corps d'homme et une tête de lion auparavant.

Techniquement, tout métamorphe avec suffisamment de contrôle était capable de le faire, mais pourquoi se contenter de la tête quand on pouvait avoir quatre pattes et une queue bien plus impressionnantes ?

Levant la télécommande, Arik appuya sur un bouton et lança à nouveau la vidéo, plus lentement cette fois, image par image, pour que le groupe puisse se pencher et étudier chaque détail.

Les demoiselles qui composaient le groupe des Pires Connasses – désormais de super-héroïnes après avoir botté le cul de quelques vampires et que la scène ait été filmée et publiée un mois plus tôt – s'assirent pour analyser la vidéo et sa signification.

Sans surprise, elles ne purent contenir leur curiosité.

— Qu'est-ce que vous pensez qu'il se passe une fois qu'il l'a attrapée ? dit Joan qui réfléchissait à voix haute.

— Je dirais que c'est assez évident. Qu'est-ce qu'un homme peut bien vouloir faire d'une femme à ton avis ? murmura Luna avec une bonne dose de sarcasme. À moins que tu ne veuilles que je te fasse un dessin ?

— Oh non, pitié. Plus de dessins, rétorqua Reba en fronçant le nez. Tes compétences artistiques laissent vraiment à désirer.

— De quoi tu parles ? Je suis une excellente artiste.

— Pour dessiner des bonhommes en bâton et des gribouillis.

— Peut-être que si tu avais plus d'imagination tu reconnaîtrais mon talent, grogna Luna.

— Eh ben si tu appelles ça du talent, dans ce cas-là je suis une excellente chanteuse.

— Et si l'on se concentrait plutôt sur la vidéo et non pas

votre tournoi mensuel du jeu Gagner, Perdre ou Griffer ? suggéra Arik.

— Justement, je pense que l'on devrait aborder le sujet parce qu'elle et ses bonhommes en bâton nous font toujours perdre, l'accusa Joan en la pointant du doigt.

— Range-moi ça sinon je te l'arrache.

— J'aimerais bien te voir essayer, dit Joan avec un rictus.

Luna se leva, chaque poil de son corps tout hérissé.

— Ça suffit ! rugit Arik.

Les filles qui se chamaillaient se turent, mais Luna lui indiqua d'un mouvement de tête qu'elle et Joan continueraient leur discussion dehors. Joan sourit. Une Pire Connasse ne renonçait jamais à une bagarre – sauf si elle venait de se faire faire les ongles et que sa French manucure lui avait coûté une fortune. Dans ce cas-là, elle pouvait se focaliser sur ce que leur roi essayait de leur dire.

— C'est la vidéo complète ? demanda Stacey.

— Oui. Et avant que vous ne posiez la question, elle a été envoyée anonymement avec une simple feuille de papier.

Arik brandit la feuille blanche et vierge, dont l'en-tête indiquait seulement : Complexe Hôtelier Club Lyon.

— Ce complexe hôtelier n'est-il pas à nous ? demanda Stacey.

— Effectivement. Le Club Lyon a été acquis par la société du clan. Après d'importants travaux, il a enfin ouvert il y a treize mois.

Luna fronça les sourcils.

— Attendez une seconde. Si cet événement a eu lieu sur l'une des propriétés du clan, comment se fait-il que nous en entendions parler anonymement ?

— C'est une très bonne question. Une question qui a besoin d'une réponse.

— Je connais la réponse, intervint Melly en levant la main. Personne n'avait envie d'annoncer la nouvelle au patron de peur qu'il ne leur botte le cul.

— C'est une possibilité. Et je vais m'en occuper. Cependant, nous devons également étudier cette histoire d'enlèvement. Dès que j'ai reçu cette vidéo, j'ai demandé à Leo de faire quelques recherches.

— C'est mon chou à moi ! s'exclama Meena. Toujours avec ses livres et ses recherches. Il est si intelligent et sexy.

Quelqu'un fit semblant de vomir.

— Tu veux bien arrêter oui ? On a compris qu'il était pris. Pas besoin d'en rajouter une couche.

— C'est toujours bien de vous rappeler à vous les filles célibataires qu'il est à moi et vous vous souvenez toutes de ce qui est arrivé à la dernière fille qui a essayé de le toucher.

La fille en question avait fini chauve et avec un plâtre. Mais vous savez ce qui était le plus troublant dans cette attaque ? C'était que Meena l'avait fait avec le sourire.

— On se reconcentre, mesdemoiselles.

Arik claqua des doigts et eut droit à quelques rictus, probablement parce qu'il les avait qualifiées de demoiselles. Stacey ramena ses cheveux derrière ses épaules. Il n'y avait qu'une seule vraie demoiselle dans cette pièce.

— Qu'a trouvé Leo ? demanda Luna.

— Il s'avère que cela fait un an que des femmes disparaissent sur l'île et ses alentours, expliqua Arik en désignant un dossier sur la table. Dans la plupart des cas, les femmes sont retrouvées saines et sauves quelques jours plus tard, et elles n'ont plus aucun souvenir de ce qui leur est arrivé. Ils mettent généralement ça sur le compte d'une aventure sur l'île qui aurait un peu dérapé. Rien de grave en général sauf que cela semble uniquement se produire sur notre complexe hôtelier et nous avons *ça*.

Il pointa son doigt vers l'écran et désigna l'image du Liotaure alors que la vidéo était sur pause.

— Tu dis que le complexe hôtelier n'a jamais signalé de disparition. Comment savons-nous qu'elle logeait là-bas ?

— Après que j'ai retiré une part de leur salaire pour négligence, Leo a eu accès à leur base de données et a confirmé qu'elle était une de leurs clientes.

— C'est une humaine ou une métamorphe ? demanda Melly.

— Shania Korgunsen a vingt-trois ans et est de sang-mêlé, mais non métamorphe.

Ce qui voulait dire que l'un de ses parents était humain et l'autre métamorphe. Même si elle était incapable de se transformer, la fille était porteuse du gène.

— Depuis combien de temps a-t-elle disparu ? demanda Luna.

— Le registre des chambres indique que Mademoiselle Korgunsen n'est pas retournée dans sa chambre depuis deux jours, lâcha Arik en cognant du poing sur la table. Deux jours putain, et personne ne me l'a signalé ! Et de toute évidence, personne n'a pu trouver la moindre trace d'elle.

— N'y a-t-il pas des pisteurs au complexe hôtelier ? demanda Reba en fronçant le nez. Il doit bien y avoir quelqu'un là-bas qui a assez d'odorat pour repérer les traces.

— C'est ce qu'on pourrait croire, mais à cause d'une forte averse, on ne peut même pas confirmer que mademoiselle Korgunsen était dans cette clairière, malgré les preuves visuelles.

— Et tu es certain que personne ne l'a vue ni a eu de ses nouvelles depuis qu'elle a été kidnappée ?

— Peut-être qu'elle est morte.

Melly leur geek fan de films d'horreur et de série B fit semblant de se couper la gorge.

— Déchiquetée en mille morceaux pendant leurs ébats.

Joan ricana.

— Ou alors ça lui a tellement plu qu'elle a décidé de rester avec ce Liotaure.

— De toute façon, ça n'a pas d'importance. Il est hors de question que ça se reproduise. Notre réputation et même notre secret sont en danger. Si quelqu'un enlève des femmes, je veux que ça s'arrête et je veux les noms de ceux qui couvrent cette affaire, dit Arik en rugissant presque et les Pires Connasses notèrent la demande de leur roi.

Une mission dangereuse au paradis ? Un mec sexy et un mystère à résoudre ? Les volontaires ne tardèrent pas à lever les mains en l'air en criant : « Moi, je m'en occupe ! ».

Les bagarres éclatèrent immédiatement.

Luna plongea sur la table pour faire taire Reba et cria :

— Elle ne peut pas y aller. Elle a promis de s'occuper du groupe d'ours en visite la semaine prochaine.

Ce à quoi Reba répondit :

— Luna ne peut pas y aller non plus parce qu'elle est enceinte !

Luna resta bouche bée.

— Espèce de garce ! C'était censé être un secret.

— Comme si tu pouvais cacher ton cul qui n'arrête pas de s'élargir.

— T'es juste jalouse parce que moi au moins j'ai un cul !

— Moi je le ferai ! proposa Joan.

Suite à quoi, Melly jeta un regard noir en direction de sa cousine.

— Il est hors de question que tu me laisses seule ici pour m'occuper de grand-mère pendant que Maman est en croisière.

— Elle t'adore.

— La dernière fois que je suis allée la voir, elle m'a fait couper ses griffes – avec mes dents !

Alors qu'elles vantaient toutes leur mérite, Stacey secoua la tête. Aucune d'entre elles n'irait, car elle les battait toutes. Elle ferma le dossier qu'elle avait pris pendant que tout le monde criait et jappait. Elle leva la main et sa politesse fit taire les lionnes alors qu'Arik prenait la parole.

— Tu voulais ajouter quelque chose, Stacey ?

— Il n'y a qu'une seule personne qualifiée pour cette mission et le choix me paraît évident. Quel que soit ce qui se passe là-bas, cela nécessite une certaine finesse. Et des attributs.

Elle ébouriffa ses cheveux flamboyants.

— Tu veux dire que le ravisseur aime les rousses ? Je peux facilement teindre les miens, répondit Joan.

— Jusqu'à ce que tu baisses ton pantalon et que la moquette que tu as en dessous n'ait pas la même couleur, rétorqua Luna.

— Je peux me raser.

— Je ne parle pas de cheveux, murmura Stacey. Mais d'accès. Je peux aller dans des endroits où la plupart d'entre vous ne peuvent pas se rendre.

— Je peux me sacrifier pour l'équipe, dit Joan avec un clin d'œil.

— Elle ne fait pas référence au sexe ! s'agaça Reba. Je sais très bien de quoi elle parle et toi aussi. Tu ne veux juste pas admettre qu'elle est la plus qualifiée pour ce travail.

— Comment est-elle censée gérer un éventuel prédateur et ravisseur ? Elle est seulement spécialisée dans l'événementiel, contesta Joan.

— Seulement ? dit Stacey en levant un sourcil parfaitement épilé. Je te signale que mon travail est très complexe. Et c'est ce même travail qui me permettra d'entrer dans les bureaux et de rencontrer des personnes, chose qu'un invité ordinaire ne pourrait pas faire.

— Parce que c'est en leur annonçant que tu vas organiser un mariage ou un enterrement de vie de jeune fille que tout ça va te mener au kidnappeur peut-être, dit Joan en levant les yeux au ciel.

— Et si c'est le cas ?

— Comment vas-tu gérer la situation ? En le menaçant avec le mascara que tu as dans ton sac à main ?

— Il n'y a rien de mal à se faire jolie. Tu devrais essayer de temps en temps, remarqua Stacey en jetant un regard désobligeant à Joan, toujours vêtue de sa tenue de sport.

— Ne critique pas les compétences de Stacey. Ce n'est pas pour rien qu'elle fait partie des Pires Connasses, dit Reba en prenant sa défense.

Arik leva la main.

— Ça suffit. Avec son statut de coordinatrice d'événements au sein du clan, Stacey pourrait tout à fait avoir accès à certains endroits s'ils pensent qu'elle vient là pour organiser un énorme événement, dit Arik qui réfléchissait à voix haute. C'est réglé. C'est elle qui y va.

Les lèvres de Stacey s'étirèrent en un sourire triomphant.

Mais sa victoire fut de courte durée.

— Cependant, je ne veux pas que tu y ailles seule.

Le roi semblait catégorique sur ce point.

— Est-ce qu'il faut que l'une d'entre elles vienne avec moi ? dit-elle en soupirant d'un air dramatique.

Elle faisait semblant évidemment. Elle savait bien que si une lionne au paradis était synonyme d'amusement, deux lionnes ensemble en revanche étaient synonymes d'ennuis avec un grand E.

— Prendre un membre du clan avec toi et causer un autre incident international ?

Arik se mit à rire. Il rigola pendant une bonne minute.

— Je ne crois pas non. Sans oublier que si je t'envoie là-bas avec n'importe quel autre mâle lion, cela risque d'effrayer notre cible. Il nous faut quelqu'un d'un peu plus discret.

— Est-ce que Jeoff va me prêter un chiot ?

Jeoff, en tant que chef de la petite meute de loups de la ville était également chargé de la sécurité du clan. Elle pouvait très bien gérer un loup. Elle lui trouverait une laisse et un collier, très beaux bien évidemment, pour l'emmener en promenade.

— En fait, j'ai mieux qu'un loup en tête.

Et par mieux, il voulait dire grand, beau et qui refoulait totalement ses émotions.

Cette mission ne cessait de s'améliorer. Surtout depuis qu'Arik lui avait remis – bien que sans le savoir – la carte de crédit du clan pour qu'elle puisse s'acheter des vêtements afin de s'intégrer sur place. *Je vais au paradis.* Ce qui voulait dire qu'elle avait besoin d'un tout petit bikini – plus c'était petit, mieux c'était – et d'une bonne dose de crème solaire parce que sa peau claire risquait de brûler. Heureusement qu'Arik lui avait fourni un partenaire pour lui en étaler sur le corps.

Grrr !

CHAPITRE DEUX

Cette mission craignait déjà. Il aurait clairement pu faire quelque chose de mieux de son temps libre. N'importe quoi. Même regarder de la peinture sécher lui paraissait plus amusant. Mais non, Jean-François était un bon petit soldat pour son patron.

— J'ai besoin que tu livres quelque chose en toute sécurité.

C'était la seule instruction que lui avait donnée le patron, à part lui dire d'attendre sur la piste d'atterrissage en dehors de la ville. Une piste d'atterrissage qui appartenait au clan de lions local. *Ne me dites pas qu'on rend encore service à ces félins galeux.*

Depuis qu'ils avaient emménagé en ville, le clan du coin n'avait été qu'une source d'ennuis. Qui avait décidé que c'était une bonne idée de laisser les animaux domestiques commander ? Et pourquoi est-ce que son patron, Gaston, ressentait-il le besoin de satisfaire ce prétendu roi lion ? Depuis que Gaston s'était mis en couple avec la féline Reba, le patron avait fait toute sorte de choses qui ne lui ressemblaient pas, notamment sourire. Avec joie.

Beurk. Qu'est-ce que l'amour et le bonheur avaient de si particulier pour faire de Gaston, d'habitude un grand homme, quelqu'un de faible ? Faible. Tellement faible que son boss avait cru bon d'envoyer son bras droit intégrer une mission stupide qui nécessitait d'attendre.

Encore et encore... alors qu'il était plus de huit heures du matin, heure fixée pour le rendez-vous. Si JF avait été un homme moins patient, il serait parti, mais le patron payait son forfait internet, alors il se contenta de regarder un épisode de *Breaking Bad* sur Netflix.

Vers dix-heures et demie, une voiture de sport, d'un rouge cerise éclatant et qui étrangement, n'était pas suivie par une flopée de voitures de police avec leurs sirènes hurlantes, s'arrêta en crissant devant l'avion. Une rousse aux jolies courbes, vêtue d'une tenue qui n'aurait jamais dû voir la lumière du jour – la robe aurait mieux convenu comme chemise, vu comment elle remontait haut sur ses jambes – et qui était assise sur le siège conducteur, en sortit, tenant une boîte.

Enfin. Le paquet pour la livraison. Il était temps.

Sortant de sa voiture, il s'avança vers elle à grands pas.

— Je vais prendre ça.

Il tendit la main vers la boîte et ne put s'empêcher de remarquer à quel point il était grand comparé à cette femme, mais cette dernière ne semblait absolument pas impressionnée.

L'obscurité en lui remarqua son odeur – féline, sans surprise, mais avec une pointe de cannelle. Son arôme l'enveloppa et le fit saliver, lui donnant envie de la goûter.

On ne mange pas le messager. Vu ses cheveux roux, elle serait probablement du genre à se mettre en colère pendant qu'il la mangerait.

— Comme t'es adorable. Merci.

Elle lui fit un grand sourire en la lui remettant. Ses bras s'affaissèrent sous le poids de la boîte.

— Qu'est-ce qu'il y a à l'intérieur bon sang ? Des cailloux ? Un cadavre ?

Avec son patron, on ne savait jamais et vu que cette fille appartenait au clan des lions, une putain de bande de cinglés, pour autant le paquet contenait peut-être une bombe.

— Je ne peux pas te le dire. C'est un secret. Tout ce que je peux te dire, c'est que j'en ai besoin.

— Besoin pour quoi ? demanda-t-il alors qu'elle se dirigeait vers les escaliers extérieurs menant à la porte de l'avion.

— On va en avoir besoin pour notre voyage dans les tropiques.

On ? Il avait dû mal comprendre.

— Notre ?

— Gaston ne t'a pas dit ? Tu viens avec moi, expliqua-t-elle.

C'était elle le colis ?

— Il doit y avoir une erreur.

— Il n'y a pas d'erreur mon joli. Une fois que tu auras monté cette boîte à bord, n'oublie pas de prendre mes affaires dans le coffre.

— Je pense qu'il y a une erreur, répéta-t-il. Personne ne m'a parlé d'un voyage.

Quand même, Gaston ne le détestait pas à ce point, si ? Il était prêt à parier que c'était l'œuvre de la nouvelle petite amie de son patron. Elle essayait de le mettre à l'écart en l'envoyant loin avec l'une de ses amies félines. *Est-ce que j'ai l'air d'un cat-sitter ?*

La féline en question ne sembla pas remarquer sa réticence. Elle s'arrêta devant la porte de l'avion, un pied engoncé dans une chaussure au talon ridiculement haut, toujours posé sur la marche supérieure, un sacré spectacle dans sa robe jaune vif qui attira l'œil de Jean-François – ainsi que le point rouge et soudain d'un viseur laser.

Bang.

Le tir rata sa cible, et non pas parce que JF bougea aussi vite que l'éclair. La rousse se sauva toute seule. En une seconde, la femme qui se tenait sur la rampe avait laissé tomber ses vêtements et s'élançait, grognant, les mains tendues se transformant en pattes. Quand elle heurta le sol, elle bondit en direction du coup de feu.

Bang ! Bang ! Le tireur, caché derrière une voiture garée à l'extérieur de la clôture qui bordait la piste d'atterrissage n'arrêtait pas de tirer et de rater sa cible. La lionne esquiva chaque tir et continua d'avancer.

Génial, putain. On parie que cet incident allait créer beaucoup de paperasse ? Sans parler du ménage. Le seul point positif c'était que l'incident – et par incident il entendait sa métamorphose en lion et non les coups de feu – avait lieu dans un endroit assez reculé. Néanmoins, il devrait quand même s'occuper des témoins.

Le bruit d'une portière qui claque et des pneus qui crissent leur indiquèrent qu'ils ne pourraient pas rattraper le tireur. Alors qu'elle lui courait après, JF lui, ne le fit pas. Il n'avait pas l'intention de sprinter après le véhicule comme un vulgaire canin.

Alors une fois de plus, il attendit, mais pas en silence. Il appela son patron. La sonnerie retentit quatre fois avant qu'il ne tombe sur sa boîte vocale.

Il composa à nouveau le numéro.

Encore et encore.

Il lui répondit finalement en s'énervant :

— Qu'y a-t-il de si important pour que ça ne puisse pas attendre ?

Gaston paraissait essoufflé. Lui et sa petite amie ne sortaient-ils donc jamais du lit ces derniers temps ?

— Tu ne pouvais pas sérieusement t'attendre à ce que je voyage avec l'une de ces tarées de félines, non ?

JF ne prit pas la peine de cacher son dédain. Il n'avait aucune patience avec les métamorphes, pas après ce qu'ils lui avaient fait.

— J'imagine que tu as fait la rencontre du fameux colis, dit-il avec une pointe de sarcasme.

— Oui, je l'ai rencontrée. Elle est actuellement en train de courser une voiture.

— Et tu l'as laissé faire ?

— Je n'avais pas réalisé que j'étais censé l'arrêter. Peut-être qu'un avertissement de ta part aurait été utile. J'aurais pu apporter une boîte de thon pour l'occuper.

— Je t'ai donné l'ordre de protéger le paquet.

— Et c'est ce que j'ai fait. Je le tiens dans ma main.

— Je parlais de Stacey.

— Un paquet sous-entend qu'on parle d'un objet pas d'un être vivant. Pas d'une femme.

Une femme très sexy qui rugit d'agacement quand les feux arrière disparurent de son champ de vision.

— Peu importe ce qu'elle est. Il est de ton devoir de t'assurer que Stacey reste en sécurité pendant qu'elle enquête sur un problème.

Stacey, une femme qu'il n'avait vue que quelques fois depuis qu'il était arrivé en ville. Une femme qu'il cherchait à éviter à tout prix.

— Est-ce que ce problème sur lequel elle enquête a quelque chose à voir avec le fait que quelqu'un attendait sur la piste d'atterrissage pour lui tirer dessus ?

— Quelqu'un vous a attaqués ?

Gaston parut surpris.

— Pourquoi crois-tu qu'elle a poursuivi cette voiture ?

Il se demanda un instant si la petite amie du patron avait pour habitude de courir après les voitures pour le plaisir.

— Une fusillade sur le territoire du clan. Comme c'est culotté et étrange. Et inacceptable surtout. Tu étais censé la garder en sécurité.

— Elle est en vie et j'aurais peut-être su qu'il fallait s'attendre à de la violence si tu m'avais expliqué en détail ce qu'était ce putain de job.

— Je m'attends à mieux de ta part, JF. J'ai promis au roi lion que tu assurerais la sécurité de sa servante durant ses voyages.

— Le seul moyen de garder une lionne cinglée en sécurité, c'est de la mettre en cage.

Elles ne faisaient jamais preuve de bon sens. Elles attaquaient aussi sans provocation. Le souvenir de ses blessures n'avait plus le pouvoir de le faire flancher.

— Tu ne mettras pas cette femme en cage, JF. Tu ne l'attacheras pas non plus. Et tu ne la retiendras pas de quelque façon que ce soit. Tu l'assisteras de toutes les façons possibles.

— Je ne préfère pas.

— Mais tu le feras, dit Gaston qui semblait très ferme sur ce point. Assure-toi de me faire un rapport quotidien. Je veux savoir ce que tu trouveras une fois que tu arriveras à destination.

— Tu t'attends sérieusement à ce que je voyage avec elle ?

— Maintenant plus que jamais. Je veux des réponses à ce mystère.

— Quel mystère ?
— Demande à Stacey.

Sur ces paroles énigmatiques, son patron raccrocha.

Il le rappellerait plus tard, car soudain, un grand félin sortit de l'ombre, sa fourrure était teintée d'auburn et sa queue se dressait et claquait avec fierté.

Le grand chat s'arrêta près du coffre de la voiture, pencha la tête sur le côté et lui rugit dessus.

— Je rêve ou tu viens de m'insulter là ?
— Grrr.
— Arrête de miauler et monte dans l'avion. On est en retard.

Face à sa réprimande, le félin se raidit, puis se détendit, les bords de sa silhouette s'estompant jusqu'à ce qu'une femme se tienne devant lui. Une femme nue avec des hanches larges et des tétons couleur fraise. La crinière ardente sur sa tête allait de pair avec le buisson entre ses cuisses. En tant qu'homme, c'était son devoir de remarquer ce genre de choses. Il remarqua également qu'elle paraissait assez appétissante pour être mangée et ses crocs se pressèrent contre ses lèvres, la faim se réveillant en lui et le tentant de croquer un morceau.

Cette fille n'est pas de la nourriture. Au fond, il le savait, et pourtant, il la fixait quand même du regard, d'une façon peu galante. Elle ne fit rien pour l'arrêter. Ses lèvres s'étirèrent en un sourire et sa hanche s'inclina légèrement.

— Tu te rinces bien l'œil ? dit-elle d'un air espiègle. Si t'es sage je te ferai devenir membre du mile-high club[1].

Il savait qu'elle essayait de le choquer. Les femmes comme elles semblaient s'en amuser. Mais Jean-François connaissait bien ce jeu. Il lui tourna le dos et dit, assez distinctement :

— Faire l'amour à bord d'un avion, c'est rien. Essaie de le faire à l'extérieur dans les nuages sans filet de sécurité.

Ouais, il la défiait. Puis, il s'en alla.

---

1. Club réservé aux personnes qui ont déjà fait l'amour dans un avion en plein vol

CHAPITRE TROIS

Stacey resta bouche bée face à cet homme alors qu'il se dirigeait vers le petit avion, portant la boîte qu'elle lui avait donnée. Elle le fixait toujours quand il sortit les mains vides et dévala les escaliers.

— Tu comptes rester là toute la nuit ou on s'en va ?! aboya-t-il. Et où est le pilote ?

— Le pilote arrive, jolies joues.

Il avait hérité de ce surnom à cause de cette façon qu'il avait de contracter les muscles de ses joues. Elle ouvrit le coffre et se pencha. Elle le faisait exprès, bien sûr.

— Laisse-moi le temps d'enfiler une nouvelle tenue avant que tu ne ranges mes bagages.

Elle ouvrit sa valise et plongea sa main à l'intérieur, ses doigts effleurant un tissu soyeux. Elle en sortit une robe, la texture souple et la couleur vive allaient parfaitement avec ses cheveux et elle était idéale pour le climat qu'ils rencontreraient bientôt.

En se redressant, elle vit qu'il se tenait juste derrière elle, l'expression de son visage comme taillée dans le granite, l'air sérieux et pourtant, il ne pouvait pas cacher cette étincelle rouge au fond de ses yeux. Ses yeux inhumains.

Cette étincelle rouge faisait partie de son héritage de whampyr, une créature qui n'avait été que récemment découverte quand toute une bande était venue en ville avec un véritable nécromancien. Reba la chanceuse avait attrapé cette belle prise.

Qu'étaient ces whampyrs exactement ? Personne ne le savait vraiment et Gaston, leur maître, ne leur révélait rien. Stacey et les autres n'en connaissaient que les bases. C'était une sorte de métamorphe dont le corps ressemblait à celui d'une gargouille croisée avec une chauve-souris. Concernant leur régime alimentaire, ils buvaient du sang et pourtant, d'après Gaston le nécromancien, ils n'étaient pas des vampires. Et c'était tout ce qu'il leur avait dit.

Un secret. Stacey aimait les secrets, c'est pourquoi cette mission aux Caraïbes l'excitait.

Il ne lui fallut que quelques secondes pour enfiler sa robe. Elle était plissée et mettait en valeur ses formes.

— Donne-moi mes chaussures.

Elle les pointa du doigt alors qu'elles étaient par terre après être tombées durant sa métamorphose.

— Va les chercher toi-même.

En voilà un qui était désagréable le matin. Était-ce parce que le soleil lui irritait la peau ? Il était plutôt bien couvert, portant un pantalon en lin, une chemise à manches longues et une veste. Mais pas de cravate. Il avait également une barbe courte et bien taillée.

Une friction parfaite pour les cuisses. Comme c'était gentil de sa part.

— Je ne crois pas que nous ayons déjà eu le plaisir de nous rencontrer en personne. Je suis Stacey Smithson.

— Je m'en fiche.

— Quel drôle de nom !

Il lui jeta un regard noir, alors elle se mit à rire.

— Même si tu dis que tu t'en fiches, je ne suis pas dupe, mon joli. Ça fait un moment que tu me reluques.

Tout comme elle.

— Si tu m'as vu te regarder, c'était tout simplement pour m'assurer que tu n'allais pas devenir enragée pour ensuite m'attaquer. Ton espèce n'est pas connue pour être très stable mentalement.

Le sourire de Stacey s'élargit.

— Tes remarques sont vraiment adorables. Je dois avouer que je suis très heureuse que tu aies été choisi pour être mon garde du corps durant ce voyage.

— Comme si quelqu'un pouvait te protéger de ta propre folie.

— C'est vrai.

Comme il la connaissait déjà si bien !

— Mais j'apprécierais de te voir essayer. Tu es une créature intrigante, Jean-François Belanger. J'ai hâte de découvrir comment tu en es venu à travailler avec Gaston Charlemagne.

— Je risque de ne pas le rester longtemps. Vu ses derniers ordres, j'envisage de mettre à jour mon CV, dit-il sans sourciller.

Mais elle voyait bien qu'il s'amusait. Il suffisait de voir les muscles de sa joue tressauter.

— Tu devrais postuler pour travailler au sein du clan. Nous avons une bonne mutuelle pour les soins dentaires.

— Je préfèrerais d'abord me tirer une balle.

— Tu es un vrai rayon de soleil. Je sens qu'on va bien s'amuser ensemble.

— Non, ce ne sera pas le cas.

— Défi accepté, dit-elle en pointant ses valises du doigt. Monte ces bagages à bord et nous serons prêts à partir.

Il ne les saisit pas immédiatement. Au contraire, il croisa les bras sur son torse impressionnant et déclara :

— Je ne suis pas ton serviteur. Fais-le toi-même.

— Moi ?

Ses yeux s'écarquillèrent.

— Tu ne t'attends quand même pas à ce qu'une dame porte ses propres valises, non ? continua-t-elle.

— Une dame ? ricana-t-il. Tout à l'heure, tu étais totalement nue sur la piste d'atterrissage.

— C'est l'un des effets secondaires regrettables de la métamorphose.

— Se transformer pour aller courir après une voiture.

— Quelqu'un nous tirait dessus. Une dame doit parfois agir de façon peu charmante pour se protéger puisque l'homme présent sur place n'a rien fait.

— Es-tu en train de dire que c'est de ma faute si tu t'es transformée en chaton ?

Même si sa voix restait monotone, elle y perçut une certaine incrédulité.

— C'est clairement de ta faute. Si tu étais parti à la poursuite du tireur comme un homme, un vrai, nous n'aurions actuellement pas cette discussion. Je me demande vraiment pourquoi Gaston t'a choisi pour être son second. Tes compétences en matière de sécurité laissent à désirer.

— Il n'y a rien à redire sur mes compétences, grogna-t-il presque.

— Si tu le dis, mon joli. Tu pourras me montrer ces compétences plus tard pour que je puisse en être juge.

Elle lui tapota le visage avant de passer devant lui. Les mains vides, bien sûr.

— Je crois que tu as oublié quelque chose.

Elle pivota en tressaillant.

— Comment ai-je pu être si négligente ?

Elle lui sourit en se dirigeant vers la voiture, balançant ses hanches, attirant son regard.

Un prédateur savait toujours comment amadouer sa proie.

Passant devant lui, elle se pencha par-dessus le siège passager de la décapotable et attrapa son sac à main.

— Il ne faut pas que j'oublie ça, dit-elle en retournant vers l'avion.

Alors qu'elle le dépassait, elle glissa le billet de cinq dollars qu'elle avait pris dans son sac dans la poche de sa veste noire.

— Désolée pour le dérangement.

Puis elle continua d'avancer, sentant son regard brûlant comme un laser sur elle. Un sourire étira ses lèvres.

Ce voyage va être tellement amusant. Combien de temps avant que *son joli* n'explose ?

CHAPITRE QUATRE

Je rêve ou elle vient de me donner un pourboire ?

Cette femme avait de sacrées couilles. Il n'arrivait pas à croire qu'elles ne traînent pas sur le sol tellement elles étaient grosses.

Pourtant, même si JF trouvait son attitude très frustrante, il ne pouvait s'empêcher d'éprouver une certaine admiration. Stacey se comportait comme une princesse, et ce rôle lui allait très bien.

Malgré le fait qu'elle se soit récemment transformée pour aller courir après un tireur, elle avait l'air de sortir tout droit du salon de coiffure. Ses cheveux roux et épais tombaient sur ses épaules nues. Sa peau crémeuse n'avait besoin d'aucun artifice pour mettre en valeur sa beauté et la robe qu'elle portait accentuait ses courbes féminines.

Assez appétissante pour être mangée.

Mais pas touche.

JF ne sortait pas avec des métamorphes. Jamais. Et il ne satisfaisait pas leurs besoins non plus. Elle lui donnait des ordres comme si elle en avait le droit.

Il envisagea d'ignorer ceux-ci et de laisser ses merdes

dans la voiture. Il n'était pas un laquais qu'elle pouvait commander à volonté et pourtant... même si cela le contrariait, ses exigences en termes de galanterie titillaient quelque chose en lui et tiraillaient l'ancien JF qui auparavant, n'hésitait jamais à tenir la porte pour une femme ou porter des boîtes quand elles étaient lourdes. Il avait suffi d'une trahison de la part du sexe opposé pour qu'il ne se donne désormais même plus la peine d'essayer. Il était peut-être temps qu'il s'y remette. Qu'il retrouve les anciennes bonnes manières que sa mère lui avait inculquées.

Il jeta un coup d'œil dans le coffre, vit les deux grandes valises et une autre beaucoup plus petite.

— Tu veux bien te dépêcher, mon joli ? On a un vol à prendre.

Peut-être qu'il se comporterait à nouveau comme un gentleman avec tout le monde sauf elle. Madame la Princesse avait besoin qu'on lui enseigne comment bien se comporter avec les gens.

JF monta à bord de l'avion et s'assit, repérant Stacey qui sortait des toilettes à l'arrière, ses traits naturels mis en valeur par un peu de gloss et de mascara.

Elle lui sourit, un sourire rayonnant et plein de satisfaction. Il avait hâte de l'effacer.

— Alors, c'était si dur que ça, mon joli ?

— Pas du tout. On pourrait même dire que je n'ai pas eu à faire d'effort.

— Tu as fermé la soute à bagages ?

— Tu veux dire celle que je n'ai jamais ouverte ?

— Qu'est-ce que c'est censé vouloir dire ? dit Stacey en fronçant les sourcils et en regardant par la porte. Le coffre de ma voiture est toujours ouvert. Tu veux dire que tu n'as pas apporté les sacs ?

— Apporte-les toi-même si tu tiens tant que ça à avoir

des vêtements. Étant donné que je n'ai pas été prévenu qu'on partait en voyage, je n'ai pris aucune affaire, je dirais donc que nous sommes quittes.

— Est-ce que ça aide si je te dis que j'en ai pris pour toi ? Après tout, si tu comptes te faire passer pour mon frère, il faudrait au moins qu'on ait un air de famille.

— Ton frère ?

Les pensées qu'elle suscitait chez lui étaient bien trop charnelles pour quelqu'un qui était censé être de sa famille. Mais vu son attitude et sa véritable nature, ce désir qu'il éprouvait pour elle devrait rapidement disparaître.

— Oui, mon frère. Je ne peux pas prétendre que tu es mon petit ami. Après tout, je vais là-bas pour servir d'appât au type qui a kidnappé toutes ces filles.

— De quoi tu parles ? Explique-toi, femme.

— Je ne peux pas t'expliquer tout de suite, car apparemment je dois moi-même apporter mes bagages parce qu'il y en a un que sa mère n'aimait pas assez pour lui apprendre les bonnes manières.

Sa remarque le piqua, notamment parce que sa mère l'avait éduqué mieux que ça. Mais même sa mère comprendrait pourquoi il agissait de la sorte après ce qui lui était arrivé.

S'asseyant, il refusa d'éprouver de la culpabilité. Il entendit quelques bruits sourds alors qu'elle rangeait ses bagages. Puis un dernier quand le coffre de la voiture fut fermé.

Il ne bougea pas jusqu'à ce qu'il entende le bruit de plusieurs moteurs et le fracas d'un grillage que l'on démolit. Un son distinctif, tout comme le crissement des pneus.

C'était quoi ce bordel ? Le tireur était-il revenu ? Alors qu'il allait regarder par la porte, Stacey arriva en trombe, le poussant sur son passage.

— Il faut qu'on y aille, annonça-t-elle.

Alors que JF scrutait la porte, plusieurs voitures s'arrêtèrent en grinçant à côté de sa décapotable.

Il ne vit pas ce qui se passa ensuite, car elle tira sur la porte et la ferma.

— Ça ne va pas nous servir à grand-chose. Le pilote n'est pas encore là, remarqua-t-il.

Le cockpit était vide, les lumières du tableau de bord étaient allumées, le moteur ronronnant doucement.

— Le pilote est à bord, mon joli.

Il ne put s'empêcher de pousser un : « Non ! » horrifié lorsqu'elle s'installa dans le fauteuil du pilote. Elle commença à manipuler les boutons et le ronronnement tranquille du moteur se transforma en grondement tandis que l'avion s'élançait vers l'avant.

— Tu ne penses quand même pas que je vais croire que tu peux conduire ce truc ?

— Le terme correct est piloter. Et tu peux le croire ou non, à toi de voir. Moi, en revanche, j'ai l'intention de nous sortir de là.

Il avait encore le temps de sauter pendant que l'avion prenait de la vitesse. Il s'accroupit pour regarder par la fenêtre, juste à temps pour voit la voiture de sport rouge s'enflammer.

— Je crois qu'ils viennent de mettre le feu à ta caisse.

— Ah les cons ! Le concessionnaire à qui je l'ai empruntée va être furieux.

— Tu peux vraiment piloter ce truc ?

JF entra dans le cockpit, l'espace étroit n'étant pas fait pour sa silhouette. S'asseoir à l'avant voulait dire se retrouver à côté de cette folle qui voulait écraser les hommes qui se tenaient au milieu de la piste d'atterrissage.

Des hommes qui pointaient leurs armes sur eux.

— Ils vont nous tirer dessus.

— C'est possible.

— Comment ça, c'est possible ?

— Je ne pense pas qu'ils le feront. Tu n'as jamais joué au jeu du poulet[1] ? Ou au jeu où tu attends celui qui clignera des yeux en premier ? Crois-moi, mon joli, que ce ne sera pas moi.

Elle orienta l'avion droit sur ces hommes.

Mais elle avait eu tort. Ils ne clignèrent pas des yeux.

Les canons de leurs armes étincelèrent lorsqu'ils tirèrent et pourtant, même si les balles percutèrent le pare-brise, celui-ci ne se fissura pas.

— J'adore la qualité de construction du clan, se réjouit Stacey.

À cet instant, JF l'apprécia beaucoup aussi, car il n'entendit aucun sifflement pouvant indiquer une brèche. Comme leur plan initial avait échoué, les hommes visèrent plus bas.

— Oh les cons. Ils tirent sur les roues.

Elle tira sur les manettes de contrôle et l'avion se déporta sur le côté, puis fit demi-tour tout en prenant de la vitesse.

Les hommes sur le tarmac s'écartèrent du chemin plutôt que d'essayer de l'arrêter avec leurs silhouettes. JF étira le cou pour les voir courir vers les voitures. L'un des véhicules se mit à les poursuivre sur la piste.

— Ils vont te couper la route, déclara-t-il.

— Non, répondit-elle avec un sourire féroce. Accroche-toi bien.

S'accrocher à quoi ? Il avait déjà laissé sa santé mentale derrière lui apparemment. Il s'aplatit contre son siège alors que l'avion s'élançait, sa pointe quittant le sol. Il déglutit avec difficulté, notamment lorsqu'une voiture au bout de la piste effectua un virage serré et les visa.

Elle commença à foncer sur l'avion. Trop tard pour pouvoir provoquer le moindre dégât. Le petit avion continuait à s'élever dans les airs et l'ascension était rapide. L'avion quitta le sol avec assez d'altitude pour passer au-dessus de la voiture.

Mais ce ne fut pas pour cela qu'il serra les accoudoirs jusqu'à ce que ses jointures soient toutes blanches. Stacey le remarqua et lui demanda :

— Qu'est-ce qui ne va pas ?

— Je déteste l'avion, murmura-t-il entre ses dents serrées.

— Ça n'a aucun sens. Les whampyrs ont des ailes. Ton espèce peut voler.

— C'est différent. Quand je suis sous ma forme de whampyr je vole. C'est moi et seulement moi, sans devoir faire confiance à un félin taré qui pilote un cercueil surdimensionné avec des ailes et des hélices.

— Mauviette.

— Je ne suis pas une mauviette.

— Donc tu ne flipperas pas si je fais ça ?

Elle voulait dire par là enlever ses mains des manettes de contrôle.

L'avion ne plongea pas soudainement, mais JF hurla quand même :

— Conduis ce putain d'avion, femme !

— Calme-toi, mon joli. Ce bébé ne va pas se crasher.

Ses épaules s'affaissèrent un peu alors que le ton confiant de Stacey le soulageait.

— À moins qu'ils ne tirent sur quelque chose de vital avec leurs balles.

La tension revint immédiatement.

— Tu n'es pas drôle.

— Ça dépend pour qui. Mes connasses de copines me trouvent géniale. Mes ennemis en revanche... ils savent que je suis sérieuse.

Observant son profil, son nez retroussé, ses traits fins, la douceur de ses lèvres, il ne put s'empêcher de se moquer :

— Combien d'ennemis peux-tu avoir exactement ?

— Trop pour les compter. Je suis le fléau de la population de rongeurs. Je représente une mort élégante pour ceux qui pourraient nuire au clan. Une broyeuse d'âmes pour ceux qui m'adorent mais ne répondent pas à mes attentes élevées.

— Et quelles sont tes attentes élevées ?

D'après lui, c'était seulement cette tension en lui qui l'avait poussé à poser la question. Il n'en avait rien à faire. Qui se souciait de cette femme et de ses goûts en matière d'homme ?

Certainement pas moi. Pourtant, bizarrement, il écouta attentivement sa réponse.

— J'aime les hommes élégants, notamment ceux qui portent des costumes et des cravates. Les business men, du genre col blanc et gratte-papier. J'ai un faible pour les mains douces, ronronna-t-elle. Je veux un gentleman, le genre qui sait comment bien se comporter avec une femme sous la couette et en dehors.

— Ça a l'air ennuyeux.

— Seulement parce que tu n'es clairement pas le genre d'homme que je recherche.

— Tant mieux, parce que tu n'es pas mon genre non plus, lui aboya-t-il presque dessus, surtout parce que, et c'était sûrement une erreur, il se sentait offensé.

Offensé par son rejet ? C'était seulement un rejet s'il en

avait quelque chose à foutre, ce qui n'était pas le cas. Pas une seule seconde.

— Quel genre de femme aimes-tu ? demanda-t-elle.

— Le genre qui ne parle pas.

— Un type qui aime la nécrophilie. J'imagine qu'avec ton patron qui est nécromancien, ce n'est pas vraiment surprenant.

— Je ne baise pas avec les mortes.

— Les muettes alors ?

— Non. Je voulais dire que je n'aime pas les femmes qui jacassent sans cesse et n'épargnent pas leur salive.

— Donc, en d'autres mots, encore un gars qui entre et ressort aussi vite que possible, sans aucune finesse.

— Je sais faire preuve de beaucoup de finesse.

Mais pourquoi avait-il à nouveau besoin de répondre ?

— Ça, c'est ce que tu dis, mon joli. Il va me falloir des preuves.

Montre-lui. Tire-la hors de son siège et fais-la taire.

Non.

Et pas seulement parce qu'elle pilotait l'avion. Il ne sortait pas avec des métamorphes. Surtout pas celle-ci.

Le fait même qu'elle l'attire était un signal d'alarme lui indiquant de rester à l'écart. L'avion se stabilisa et elle tapa dans ses mains.

— Prochain arrêt, les Caraïbes ! Tu peux enlever ta ceinture et te déplacer dans la cabine si tu le souhaites.

Effectivement, c'était ce qu'il souhaitait. L'intérieur du cockpit était trop étroit pour éviter Stacey. Son odeur. Son sourire. Le fait qu'il sache que sous cette robe, elle ne portait pas un seul tissu supplémentaire. Comme ce serait facile de glisser sa main sous sa robe et de toucher ces plis roses qu'elle lui avait si effrontément dévoilés un peu plus tôt.

Je ne serais pas contre une petite léchouille...

Il se précipita vers la section passager plus confortable à l'arrière avec son canapé en cuir et ses fauteuils capitaines. JF s'assit, ferma les yeux et soupira.

— On a déjà le mal du pays ? demanda-t-elle en le suivant.

— Qu'est-ce que tu fous ? Retourne là-bas et pilote l'avion, dit-il en désignant le cockpit.

— Relax mon joli. Je l'ai mis en mode pilotage automatique. Tout va bien. Si jamais quelque chose de bizarre se produit, un bip retentira. Normalement.

— Et si ce n'est pas le cas ?

— Il y a un parachute quelque part ici, j'en suis sûre.

— Non, la bonne réponse c'est de dire qu'il ne va rien se passer.

— Mais alors ce ne serait pas drôle. Détends-toi.

— Je me détendrai quand plus personne n'essaiera de me transformer en gruyère. Qui te tirait dessus sur la piste d'atterrissage ?

Car lorsqu'il en avait parlé à Gaston, ce dernier avait paru surpris par cette attaque.

— Bonne question, dit-elle en haussant les épaules. Ça pourrait être n'importe qui, mais c'est probablement mon ex-petit ami. Il a un sale caractère.

— Super tes goûts en matière d'homme. Qu'est-il arrivé au fait de sortir avec une mauviette de gratte-papier ?

— C'est une erreur, je l'admets. Michael n'était pas vraiment celui qu'il prétendait être. Il m'a dit qu'il travaillait dans l'import-export. Sauf qu'il a oublié de préciser que la marchandise était de la drogue. Je suis contre les drogues et je déteste les menteurs. Donc je l'ai fait arrêter et l'ai envoyé en prison.

— Tu as envoyé un dealer avec qui tu sortais en prison ? dit-il bouche bée.

— Lui et une bonne partie de son équipe. J'ai entendu dire qu'un juge l'a laissé sortir plus tôt pour bonne conduite.

— Et maintenant, il essaie de te tuer.

— Peut-on vraiment lui en vouloir ? En choisissant de vivre comme un criminel, il a perdu ça.

Elle faisait référence à ses courbes.

Ne regarde pas.

Il ne put s'en empêcher. Elle était comme une idole maléfique sculptée à la perfection, faite pour forcer un homme à désirer ce qu'il ne voulait pas.

Faux. Je la veux. J'ai envie de l'attraper par les cheveux, la pencher en avant et lui faire des choses qui seraient tellement putain d'agréables. Mais il ne le ferait pas. Parce que la bestialité était interdite par la loi.

— J'ai besoin d'un verre, annonça-t-elle. J'imagine que tu ne m'en servirais pas un.

— Aucune chance, princesse.

— Je m'en doutais, murmura-t-elle en se dirigeant vers l'arrière, mais elle n'alla pas bien loin.

Avait-elle volontairement trébuché sur lui ? Lui qui croyait que les félins avaient un équilibre et une grâce exceptionnels.

Quoi qu'il en soit, elle était tombée pile sur lui.

JF la rattrapa, mais pas avant que ses fesses ne s'écrasent sur ses genoux.

— Oups. Comme je suis maladroite. J'espère que je ne t'ai pas fait mal, dit-elle en lui souriant timidement.

Il reconnut très bien son jeu.

— Tu peux arrêter d'essayer.

— D'essayer quoi ? demanda-t-elle en battant des cils.

— De m'aguicher. De flirter. J'ai été désigné comme ton garde du corps. Rien de plus. Je ne suis pas ton jouet et je ne suis pas du tout sensible à tes jeux de séduction.

— Même pas un peu ?

Elle se tortilla sur ses genoux et il l'écarta rapidement de lui.

— Tiens-toi bien, femme.

— Pourquoi le ferais-je ?

— Parce que les dames ne se jettent pas sur des inconnus.

— Détends-toi mon joli.

— Non, on ferait mieux de parler de ces hommes qui t'ont tiré dessus et de ce que nous devrions faire s'ils recommencent.

Sans penser à la facilité avec laquelle il pourrait l'attirer vers lui et embrasser son sexe.

— Qu'est-ce qui te fait croire qu'ils me tiraient dessus ?

— Tu viens de me dire qu'il s'agissait de ton ex-petit ami détenu.

— Non, j'ai dit que c'était une possibilité. Mais ça ne veut pas dire que c'était lui. Après tout, Michael s'est vraiment bien amusé avec moi. Pourquoi chercherait-il à me tuer alors qu'il pourrait me kidnapper et faire de moi son esclave sexuelle ?

— Sérieusement ? Tu serais prête à retourner avec un dealer ?

— Bien sûr que non, mais ce serait romantique s'il essayait. Quant à la fusillade, qui nous dit que ces types n'en avaient pas après toi ? Après tout, tu travailles pour un nécromancien. Ce qui est carrément cool. Est-ce que tu réalises le nombre de jalouses qu'il y a au sein du clan ? Reba a tapé fort quand elle a séduit Gaston. Qui ne voudrait pas d'un petit-ami qui peut ressusciter les morts ?

— Ils ne me tiraient pas dessus, grogna-t-il.

Il n'était certainement pas jaloux que Stacey montre

une telle admiration pour Gaston. Elle n'était clairement pas au courant des goûts musicaux de cet homme.

— Comment peux-tu en être si sûr ? demanda-t-elle.

— Premièrement, personne ne savait que je serais sur la piste d'atterrissage.

— Et qu'est-ce qui te fait croire que c'était le contraire pour moi ? Nous, les lions, nous sommes des créatures discrètes.

— Tu n'es pas discrète. On te voit probablement arriver à des kilomètres à la ronde avec cette petite voiture de sport rouge.

— C'est pas faux. L'attention que ce bébé suscite vaut bien ce trou dans mon salaire.

— Elle a explosé.

— Non, elle s'est sacrifiée pour que je puisse obtenir un modèle plus récent grâce à ma compagnie d'assurance.

Elle sourit joyeusement.

— Peut-être que les tireurs sont en lien avec cette affaire que tu comptes mener aux Caraïbes.

— Ce serait excitant si c'était le cas.

Même s'il voulait montrer son désintérêt, JF lui-même savait quand il était trop têtu.

— Pourquoi te rends-tu sur cette île exactement ?

— Tu as déjà regardé *X-Files*[2] ?

— C'est une série télévisée sur des extra-terrestres, non ?

— Oui. C'est sur un duo d'enquêteurs, Mulder et Scully qui sont à la recherche d'indices pour résoudre des mystères surnaturels.

— Est-ce que ce Mulder résout des crimes avec l'aide de son chat ?

Elle tressaillit.

— Je croyais que tu avais déjà vu cette série.

— Non.

— Il n'y a pas de chat. Je suis Scully dans le scénario, le cerveau de l'opération et toi tu es Mulder, qui fait son truc. Donc, reste en dehors de mon chemin pour ne pas me gêner.

— Oui, surtout que Dieu nous garde d'avoir une approche rationnelle et prudente sur la situation.

— Tu vois, tu essaies déjà de rendre les choses ennuyeuses. Tu es juste là parce qu'Arik ne voulait pas que j'y aille seule. Apparemment, il avait peur que je disparaisse comme les autres gonzesses.

— Quelles autres gonzesses ?

— Je ne les connais pas toutes. Mais Shania a visiblement été kidnappée par un type à tête de lion.

Il cligna des yeux dans sa direction.

— Tu m'as drogué ou quoi ?

Car il avait sûrement mal compris.

— Pourquoi t'aurais-je drogué ? À moins que – son visage s'illumina – mes phéromones très attirantes ne t'affectent.

— Non, ce n'est pas le cas. Mais il doit y avoir quelque chose dans l'air qui me fait entendre des choses, parce que j'aurais juré t'entendre dire qu'une femme a été kidnappée par un homme à tête de lion.

Ce qui n'avait aucun sens.

— Tu m'as bien entendue. Je suis censée comprendre ce qu'il se passe avec ce Liotaure. Qui est comme un Minotaure, mais avec une tête de lion.

JF pinça les lèvres plutôt que de dire quoi que ce soit sur cette drôle d'appellation. Dans quelle galère Gaston l'avait-il envoyé ?

Et pourquoi est-ce qu'au fond, il se réjouissait de vivre cette aventure – avec elle ?

1. Aussi connu sous le nom de jeu du faucon qui est un modèle de conflit entre deux acteurs
2. Série télévisée

CHAPITRE CINQ

Cet homme ne savait pas sourire. Stacey en était convaincue, et plus elle lui parlait du Liotaure, plus il fronçait les sourcils. Si profondément qu'elle se demanda s'il ne s'agissait pas d'une pathologie.

— Donc, pour résumer, mon joli, mon rôle là-bas est de creuser pour en apprendre plus et d'être un appât, pendant que toi, qui seras mon grand frère stupide, tu resteras en dehors de mon chemin.

— Je suis plutôt certain de devoir te protéger du danger.

— Toi, agir en chevalier ? dit-elle en souriant. Je ne voudrais pas que tu te fasses mal, continua-t-elle en lui tapotant la joue. Mais tu sais quoi, si tu veux vraiment faire preuve de galanterie, alors n'hésite pas à porter mes affaires et à me servir à boire.

— Je suis ici pour être ton garde du corps, pas ton majordome.

— Je n'ai pas besoin d'un garde du corps. Je suis tout à fait capable de me défendre toute seule, sans oublier que je n'ai pas besoin que tu gâches tout. Comment puis-je passer pour la cible parfaite si tu es toujours là avec ton air renfrogné ?

— Je n'ai pas un air renfrogné.

— Mais tu ne souris pas non plus.

— Que dis-tu de ça ?

Il dévoila ses nombreuses dents.

Elle recula.

— Ne fais pas ça. Les gens risquent de faire des cauchemars.

— C'est marrant, j'aurais dit la même chose de toi. Quand le clan débarque, il vaut mieux fermer les écoutilles et cacher tous les objets fragiles.

— Parce qu'on sait comment passer du bon temps. Tu ferais mieux de prendre des leçons.

— De la part de qui ? De toi ?

Il ricana.

— Qu'est-ce qui te fait croire que tu es meilleure que moi ?

Avait-il vraiment besoin qu'elle lui réponde ?

— Je suis une lionne, alors évidemment que je suis meilleure que toi. Je suis mieux que n'importe qui, à part un autre lion, lâcha-t-elle en levant les yeux au ciel, l'air de dire « Pff, à ton avis ».

— Les félins sont vraiment les plus pénibles des animaux, marmonna-t-il.

— Merci. C'est parce que nous sommes tellement majestueux et intelligents.

— Plutôt écervelés et inconscients.

— Pas étonnant que tu sois célibataire, mon joli. Ce n'est pas comme ça qu'on charme une demoiselle.

— Ah pardon, parce qu'il y a une demoiselle ici ? dit-il en regardant autour de lui et Stacey ne put s'empêcher de rire.

— Comme tu es vilain. Tu peux faire semblant, mais moi j'ai l'intuition que tu apprécies ce que tu vois.

— À ta place, j'irai voir un professionnel concernant ces intuitions, parce que je peux t'assurer, que ça ne m'intéresse pas d'avoir un chat domestique.

— Même si je te disais que j'adore lécher la peau ?

— Pas même si tu savais cuisiner et faire le ménage.

Elle fronça le nez.

— Beurk. Pourquoi est-ce que je ferais ça ? Tu vois ces mains ?

Elle tendit ses doigts parfaitement manucurés.

— Ces mains ne sont pas faites pour l'eau chaude et savonneuse ni pour des éponges dégoûtantes.

— Alors en quoi es-tu douée ?

— Beaucoup de choses.

— Comme ? Quel est ton travail ?

— Coordinatrice d'événements pour le clan.

Il ricana.

— Donc tu es une fêtarde. Quelle surprise.

— Je te signale que mon travail au sein du clan est compliqué. Ce n'est pas évident d'organiser de grands rassemblements en claquant des doigts.

— Tu veux dire que tu ne peux pas juste jeter un morceau de viande et sonner la cloche pour qu'ils rappliquent ?

Ses lèvres tressaillirent.

— Ça dépend de l'occasion.

— Alors, si cette affaire est si sérieuse, pourquoi t'avoir envoyée toi ? N'ont-ils pas une équipe de sécurité plus qualifiée pour ça ?

— Arik veut se faire discret jusqu'à ce qu'il sache ce qui se passe. Il est très perturbé par le fait que des personnes sur place lui aient caché la vérité. Cette enquête est secrète. Et c'est là que j'interviens. Mon travail de coordinatrice d'événements qui organise un mariage va me donner accès à certaines choses sur le complexe hôtelier, des choses que nous ne pourrions voir si nous étions de simples clients.

— Ça semble terriblement compliqué. Une femme a disparu. Pourquoi ne pas tout simplement traquer le type et la ramener ensuite ?

— Parce que personne n'a réussi à retrouver sa trace. Une pluie tropicale a nettoyé les lieux. Aucune odeur n'a été détectée.

— Je parie que je peux en trouver une. Donne-moi un jour.

— Tu veux partir à sa recherche ? Vas-y. Au moins comme ça tu ne te mettras pas en travers de mon chemin.

— Tu es très arrogante, tu sais.

— Et toi non ? dit-elle avec un sourire taquin.

— Ce n'est pas de ma faute si je suis supérieur à toi.

— Si je ne te connaissais pas, je dirais que tu es un lion.

Il frissonna.

— Ce n'est pas gentil ça.

— Tu t'offenses pour ça alors que c'est toi qui m'insultes à tout bout de champ.

— Je n'ai pas envie d'être ici.

— C'est ce que tu n'arrêtes pas de dire oui et pourtant...

Elle s'accroupit devant lui, plaça ses mains sur ses cuisses tendues et lui sourit.

— Je sais quand un homme s'intéresse à moi.

Son regard croisa le sien, et l'étincelle qu'elle y lut fut un signe.

— Il faudrait que je sois mort pour ne pas avoir envie de te baiser. Mais je n'ai pas besoin de t'apprécier pour ça. Une chatte c'est une chatte.

— Mais nous ne sommes pas tous faits pareil.

— Si l'on éteint les lumières, il n'y a aucune différence.

— Tu saurais que c'est moi. Je te le garantis, mon joli.

— J'en doute. Les femmes sont toutes les mêmes, dit-il sur un ton qui n'avait rien de positif.

Elle allait devoir le faire changer d'avis.

— Encore un autre défi. J'adore.

— De quoi tu parles ?

— Je parle du fait que tu n'arrêtes pas de me lancer des défis. Et bien devine quoi, mon joli, je relève ton défi. D'ici la fin du voyage, non seulement nous serons amants, mais tu m'aimeras. Beaucoup.

Et si M. Cool et Arrogant la jouait fine, elle pourrait même prolonger leur séjour sur l'île.

— Je croyais que je n'étais pas ton genre, lâcha-t-il en levant les mains en l'air. J'ai les doigts calleux.

— Il y a toujours la manucure.

— Je n'ai pas envie d'être ton petit ami.

— Je n'ai jamais dit que ton statut d'amant serait permanent. Je doute que tu arrives à me divertir très longtemps, ce qui risque d'être nul pour toi quand je tournerai la page.

Elle se leva et se dirigea vers le cockpit.

— Ou alors, princesse, ce sera toi qui me demanderas de rester, et c'est moi qui te laisserai en plan.

Elle, tomber amoureuse d'un homme qui considère qu'elle doit porter elle-même ses valises ? Jamais.

— Accroche-toi, mon joli, on entame notre descente.

Et le jeu pour savoir qui en sortirait vainqueur, commençait maintenant.

CHAPITRE SIX

Malgré tous les doutes de JF, ils atterrirent sans problème et l'avion ne rebondit même pas lorsqu'il heurta le tarmac, ralentissant jusqu'à s'arrêter quand il atteignit son emplacement près du terminal.

Assez décevant d'ailleurs. Il s'était imaginé devoir sauter de l'avion, s'envoler grâce à ses grandes ailes et la forcer à le supplier de la sauver.

Mais la boîte de conserve volante atterrit sans encombre, si l'on ne tenait pas compte de son état d'esprit après avoir passé plusieurs heures avec la féline. JF avait hâte de rejoindre la terre ferme. Si seulement il pouvait échapper à cette femme, responsable de sa présence sur une île tropicale. Même si sa mission sur place avait du mérite, il imaginait déjà le désastre qu'elle entraînerait. Mais à quoi pensait le roi lion ?

Personne ne pouvait croire que cette princesse instable allait vraiment faire la différence, si ?

La porte de l'appareil s'ouvrit et la fraîcheur de l'air, avec une pointe de kérosène que diffusait l'avion et le parfum des fleurs tropicales, lui chatouilla les narines.

Tellement d'odeurs. De choses à chasser.

La bête en lui avait hâte de changer de régime alimentaire. Lui, en revanche, pouvait déjà affirmer que le temps frais et vif de l'automne qui arrivait allait lui manquer.

La chaleur, celle qui humidifiait la peau, entra dans la cabine et fit friser le bout de ses cheveux. Sa température naturellement plus fraîche l'empêchait de transpirer, mais il allait probablement devoir se débarrasser de son manteau. Ce qui était naze. JF préférait revêtir plusieurs couches.

Il sortit à la lumière du jour, telle une grande cible en haut des escaliers, une cible à l'air renfrogné, alors que quelqu'un lui enfonçait un ongle tranchant dans la colonne vertébrale.

— Tu comptes bouger tes grosses fesses, ou monopoliser les escaliers toute la journée ? demanda Stacey en le poussant.

Comme si elle pouvait le faire bouger.

— Ne me teste pas, femme.

— Ah, un test. T'as peur d'échouer ? Et si je te promettais d'en faire un QCM ?

Pourquoi déformait-elle tout ce qu'elle disait ? Cela lui donnait envie de lui scotcher la bouche – ou d'y fourrer quelque chose.

Justement, j'ai un truc qui est pile à la bonne taille...

Il descendit les marches et remarqua deux personnes qui arrivaient du terminal, deux inconnus vêtus de tenues en lin blanc impeccables. L'homme portait un short et la femme une jupe de tennis. Ils auraient pu être frère et sœur avec leurs boucles blondes assorties.

Cela ne faisait même pas deux minutes qu'il avait rejoint la terre ferme qu'il était déjà prêt à parier qu'ils étaient des lions. Et dire que c'était soi-disant les lapins qui se multipliaient de partout. Au moins, les lapins, eux, avaient un goût délicieux, surtout quand ils étaient frais. En parlant de ça, il allait devoir trouver une source de nourriture.

Et si on mangeait la Princesse ?

Tentant, mais ce n'était probablement pas une bonne idée de la dévorer. Gaston ne supportait pas que ses sbires mangent des humains et des métamorphes. Un truc comme quoi seuls les cannibales mangeaient les êtres dotés d'une conscience. Personnellement, JF trouvait que son patron accordait trop d'importance aux métamorphes. Ce n'était pas parce qu'on leur avait appris à parler qu'ils étaient évolués.

Quant à ceux qui pourraient remettre en question son snobisme, la seule personne supérieure à un whampyrs était le nécromancien qui avait participé à leur création. Et là encore... on ne badinait pas avec les whampyrs.

— Vous devez être Stacey.

L'homme aux cheveux blonds et courts, vêtu d'un short blanc et d'une chemise rose s'approcha, la main tendue et le sourire aux lèvres. Un sourire qui faiblissait au fur et à mesure que JF fronçait les sourcils.

— Qui es-tu ? aboya JF en scrutant l'inconnu, cherchant à savoir s'il avait une arme.

— Euh, je suis Maurice. Je travaille pour le Club Lyon. Je suis venu vous chercher et vous aider à vous installer au complexe hôtelier.

— Où est ta carte d'identité ?

Non pas que JF ait besoin de plus qu'un simple reniflement. Le parfum étouffant du lion lui emplit les narines. Pour un jeune lionceau, il dégageait une odeur forte.

— Ignorez mon frère. L'avion le rend grognon, dit Stacey en le poussant. Salut, je suis Stacey. Ravie de vous rencontrer.

Posant les valises qu'elle avait récupérées dans l'avion, elle lui serra la main et JF fit de son mieux pour ne pas grogner.

Le fait de la voir toucher un autre homme déclencha en lui quelque chose de primitif qu'il ne pouvait expliquer. Il ne sentait pourtant aucun danger. Au contraire, le jeune homme semblait nerveux, ce qui, finalement, le faisait paraître faible.

Pourtant, même en sachant qu'il pourrait le mettre KO avec un simple coup de poing, JF ne fut s'empêcher de garder son air renfrogné. Cependant, cela poussa Maurice à retirer sa main et faire un pas en arrière.

— Oh, regarde ce que tu as fait ! s'exclama Stacey avant de faire la moue. Tu es encore grognon.

— Le vol a été long. Il a probablement faim et soif, lança la femme à côté de Maurice en lui souriant d'un air timide.

— Et qui es-tu ? demanda Stacey d'un ton sec, telle une princesse que l'on venait d'interrompre.

— Je suis Jan. Je fais aussi partie du personnel d'accueil des clients. N'hésitez pas à me faire savoir tout ce dont vous avez besoin pour rendre votre séjour mémorable, dit-elle doucement en s'adressant directement à JF.

Un effort vain. Elle sentait le félin, presque aussi fort que Maurice. Il était déjà bien assez occupé avec Stacey, merci mais sans façon. Il n'avait pas besoin d'attirer un autre chat de gouttière. Stacey se plaça devant lui, forçant Jan à croiser son regard.

— Ma concierge personnelle. Comme c'est merveilleux. Et pourtant vous ne nous apportez aucune boisson ?

Jan pinça les lèvres.

— Désolée. Nous avons des bouteilles d'eau dans la Jeep.

— De l'eau ? dit Stacey en fronçant le nez. Je croyais qu'ici on était au paradis.

— Dès que nous arriverons à l'hôtel, nous vous trouverons quelque chose de plus savoureux.

Changeant de sujet, Stacey se tourna vers Maurice et s'extasia :

— J'ai hâte d'en apprendre plus sur cet hôtel. Arik m'a raconté à quel point c'était incroyable. Melly ne sait pas que nous lui préparons une destination surprise pour son mariage.

Alors que Stacey déblatérait, JF se retint de lever les yeux au ciel. Quel ramassis de conneries. Pourquoi tout ce cinéma ? Pourquoi ne pas simplement dire aux gens pourquoi ils étaient là ?

Des personnes ont disparu chez vous. Dites-nous tout ce que vous savez. Sinon...

Après des années de subterfuge, il en avait assez. Cependant, ce n'était pas sa mission. Il était simplement là pour la sécurité. Ce qui lui allait très bien. Il n'avait pas envie de se mêler des problèmes du clan. Laissons les chats s'en occuper eux-mêmes.

— Oh, mon frère, sois gentil et prends nos sacs pendant que je vais me rafraîchir aux toilettes.

Stacey ne lui laissa pas le temps de répondre alors qu'elle se retournait, partant en sautillant, bras dessus, bras dessous avec Jan, vers le terminal.

— Je ne suis pas ton foutu serviteur, murmura-t-il avant de réaliser que Maurice était resté derrière.

— Les femmes ne respectent jamais les hommes, dit le jeune homme avec un sourire en coin. Un conseil. Si vous aimez votre sœur, vous feriez mieux de l'emmener loin d'ici.

— Pourquoi ? demanda JF, essayant d'agir de façon nonchalante et non surprise.

Ils étaient arrivés depuis cinq minutes à peine et il se passait déjà des choses bizarres.

— L'île n'est pas sûre en ce moment.

Se dirigeant vers la zone de chargement de l'avion, JF parvint à avoir l'air décontracté lorsqu'il demanda :

— Que se passe-t-il ? Vous avez des problèmes avec ce virus Zika dont on a entendu parler ?

— Non, ce n'est pas un virus. Je parle de quelque chose de plus dangereux et seulement pour quelqu'un comme votre sœur.

— Une personne agaçante, égocentrique et exigeante ?

Il sortit les valises et essaya de ne pas grogner à cause de leur poids. Pas étonnant qu'elle n'ait pas envie de les porter. Elle les avait remplies de ciment ou quoi ?

— Des femmes ont disparu.

— Des femmes c'est-à-dire plus d'une ? demanda-t-il nonchalamment en trimballant les deux plus grosses valises jusqu'à la voiturette de golf garée à proximité. Maurice réussit à placer le plus petit sac par-dessus.

— Trois ont disparu au cours des derniers mois.

Trois. Stacey avait mentionné celle de la station balnéaire et toute une série d'autres par le passé. Quelqu'un couvrait-il leurs disparitions ?

— Est-ce qu'elles sont mortes ?

— Pas qu'on sache, non.

— Alors, pourquoi supposer qu'elles ont été enlevées ? Elles sont peut-être devenues des autochtones.

Ce n'était pas inhabituel, loin de là. Une belle femme arrive au paradis et rencontre un autochtone. Un professeur de surf, de yoga, ou un danseur de salsa. C'est le coup de foudre et elle décide de commencer une nouvelle vie au lieu de retrouver son ancienne.

— Elles ne sont pas devenues autochtones. Elles ont été kidnappées.

— C'est affreux.

C'était la bonne chose à dire, même s'il s'en fichait un peu.

— La police a-t-elle des pistes ?

— La police n'enquête pas. Ils pensent que les filles se sont simplement égarées.

— Mais tu n'y crois pas. Pourquoi ?

Maurice garda la tête baissée en faisant le tour de la voiturette.

— Ce n'est pas sûr ici, si vous aimez un tant soit peu votre sœur, prenez-la et allez-vous-en avant qu'elle ne disparaisse elle aussi.

JF ne put s'en empêcher. Il se pencha vers le petit gars, et lui dit :

— À vrai dire, nous ne sommes pas très proches. Nous n'avons pas la même mère. Je ne l'aime pas tant que ça. C'est une sale gosse. Et ça résoudrait probablement certains problèmes d'héritage si elle disparaissait. Tu as des conseils pour qu'elle soit encore plus attrayante aux yeux de ce ravisseur ?

Bouche bée et les yeux écarquillés, le jeune homme fit presque glousser JF.

Presque.

Jusqu'à ce qu'il entende le cri.

CHAPITRE SEPT

Stacey ne pouvait pas s'arrêter de crier. C'était terrifiant. Complètement terrifiant. C'est pourquoi, lorsque Jean-François frappa à la porte des toilettes, forçant le portail fragile, elle sauta dans ses bras.

Constitué de pierre solide, l'homme ne tituba même pas et ne la relâcha pas. Heureusement, sinon elle se serait approchée bien trop près de cette chose située au pied des toilettes.

— C'est quoi ce bordel ?! cria-t-il.

Elle avait l'impression qu'il criait beaucoup. Cela ne la dérangeait pas vraiment. Surtout qu'il émettait un grondement sourd et agréable.

— Protège-moi de ce monstre. Tue-le !

Stacey pointa du doigt l'arachnide qui avait osé se glisser dans ses toilettes pendant qu'elle envoyait quelques textos chez elle. Elle avait opté pour un passage aux toilettes, là où elle pouvait bénéficier d'un signal Wi-Fi et d'un peu d'intimité. Mais ce qu'elle n'avait pas prévu, c'était d'être interrompue. C'était seulement par chance qu'elle avait remarqué cette chose poilue et dégoûtante qui s'était dirigée vers ses sandales.

— Tu hurles comme si on t'assassinait à cause d'une putain d'araignée ?

Les bras enroulés autour de son cou, les jambes autour de sa taille, elle était trop collée à lui pour voir son visage, mais elle percevait son incrédulité.

— Ce n'est pas juste une araignée. C'est une grosse araignée. Avec des poils.

Tellement de poils, ah !

— Et des pattes.

Rien qu'en se remémorant toutes ces pattes en mouvement, un frisson lui parcourut l'échine.

Paf !

— Voilà. T'es contente ?

Beurk.

— Non. J'ai tout entendu.

Elle eut à nouveau un haut-le-cœur.

— Berk, je n'arrive pas à croire que tu aies marché dessus.

Encore un haut-le-cœur.

— Il y en a probablement partout sur ta chaussure.

— Effectivement. Tu as raison, elle était grosse. Et très visqueuse. Tu veux voir ?

Quand il s'agenouilla, elle s'éloigna de lui, loin des toilettes et de ce carnage dégoûtant.

— Je te déteste, déclara-t-elle en sortant des toilettes.

Elle jeta un regard noir en direction de sa guide blonde qui feignait l'innocence, mais Stacey voyait clair dans son jeu. Il y avait quelque chose de sournois chez elle. Quelque chose que Stacey n'aimait pas. Notamment la façon dont Jan dévora son faux frère des yeux quand il sortit des toilettes.

— Merci de t'être occupé de ta sœur, minauda Jan. J'aurais bien fait quelque chose, mais elle n'a pas voulu me laisser entrer.

Non sans blague.

— Si je t'avais ouvert la porte, j'aurais dû poser un pied par terre.

Ce qui aurait alors laissé, à l'arachnide assoiffé de sang, une chance d'attaquer.

Jean-François ricana.

— Si tu as fini de te comporter comme un gros bébé, on peut y aller, nos affaires sont probablement devant le terminal à l'heure qu'il est.

— L'arachnophobie est une vraie pathologie.

— Aussi connue sous le nom de « mauviette », rétorqua-t-il. C'était une araignée. Aussi dangereuse qu'une mouche.

— Je te signale que les araignées tuent des gens chaque année par leur morsure. Et les mouches sont porteuses de maladies.

— Tu veux aussi du fromage avec tes vin-dications, princesse mauviette ?

— On verra si je viendrai te sauver quand tu hurleras parce que ta vie est en danger, grogna Stacey.

— Pas besoin, parce que contrairement à toi, *sœurette*, dit-il d'un ton moqueur, je n'ai peur de rien.

— C'est ce qu'on verra, murmura-t-elle en passant à côté de lui.

Même l'homme le plus costaud et le plus audacieux avait peur de quelque chose. Une fois qu'elle aurait découvert sa faiblesse, elle l'exploiterait, tout comme Stacey se servait de l'amour que Joan portait au fromage au jalapeno fondu quand elle avait besoin d'emprunter sa robe rouge. Joan était intolérante aux épices, mais ne pouvait pas résister aux nachos et au fromage fondu. Qui la faisaient ensuite gonfler du ventre, ce qui voulait dire que Stacey pouvait ensuite prendre cette fameuse robe rouge et faire la fête.

Si Joan avait été maligne, elle aurait fini par céder et offrir cette foutue robe à Stacey. Mais la raison pour laquelle elle aimait tant la porter, c'était le défi qu'elle représentait.

Le trajet jusqu'à l'hôtel ne se fit pas en voiture, mais dans une Jeep décapotable à quatre places. Maurice, évidemment, prit le volant, mais au lieu de s'asseoir à côté de lui, Jan se glissa à l'arrière et tapota la banquette à côté d'elle.

— On ferait mieux de laisser votre sœur s'asseoir à l'avant. Le pare-brise empêchera le vent de la décoiffer.

Puis, Jan gloussa.

Stacey détestait les gloussements. Surtout à ses dépens. Est-ce que ce petit chaton envisageait sérieusement de la défier ? Séduisant Jean-François comme si elle en avait le droit ?

Il est à moi. Ce qui la fit froncer les sourcils à son tour. Il n'était ici que pour être sa couverture et pour la protéger. Pas en tant que petit ami potentiel, peu importe à quel point elle le trouvait sexy. Tout d'abord, ce n'était pas un homme d'affaires important. Ni un lion. Un ours ou un loup auraient pu lui convenir. Même un autre nécromancien aurait pu avoir les bons gènes et le prestige nécessaire pour rendre sa mère heureuse. Mais un simple assistant d'un propriétaire de bar ? Qui n'était pas vraiment un métamorphe, ni un vampire ?

Je peux faire mieux que ça. Elle méritait mieux que M. Visage Renfrogné à l'arrière.

Déterminée à l'ignorer, elle se glissa à l'avant et ne le

regarda pas une seule fois – ni cette pimbêche qui se collait sûrement contre lui.

Stacey fit la conversation à Maurice, qui répondait à toutes ses questions sur l'île.

Celle-ci n'était pas très large, moins de deux-cent-cinquante-huit kilomètres carrés, dont une partie non exploitée.

— Vous voyez ça, là-bas ?

Maurice retira une main du volant pour désigner une montagne verdoyante.

— C'est un volcan. Il est endormi, depuis des lustres, mais les autochtones de la région le considèrent sacré, ce qui veut dire que la montagne en elle-même et la zone autour sont protégées.

— Combien de personnes vivent sur l'île ?

Apparemment, le nombre dépendait des hôtels eux-mêmes. Si l'on ne comptait que les locaux, il n'y avait que quelques milliers d'habitants. Mais les hôtels faisaient gonfler les chiffres, surtout en haute saison.

Et Stacey comprenait pourquoi. Ils étaient littéralement au paradis. Un climat chaud, une végétation luxuriante et une terre débordante de vie.

Il n'y avait que quelques véhicules sur la route, la plupart d'entre eux étaient de petits bus et des camionnettes, portant le nom de stations balnéaires. Ils virent peu de maisons et autres commodités, la route partant de l'aéroport traversait principalement des morceaux de jungle, seulement entrecoupée par d'autres routes, généralement bordées de panneaux portant le nom de l'hôtel. Club Paradise. Beach Club. Clubs Springs.

Les noms des clubs manquaient d'originalité, mais ils promettaient tous la même chose : des vacances extraordinaires.

Mais je ne suis pas ici pour me détendre. Elle était là pour découvrir ce qui était arrivé à Shania. Peut-être même, sortir avec un Liotaure et rendre ses connasses de copines jalouses.

Je me demande si Jean-François est jaloux parfois.

Un homme froid qui manquait d'humour n'était probablement pas assez habité par la passion pour en avoir quelque chose à faire.

Merde, est-ce qu'il aimait le sexe au moins ?

Elle avait cru sentir une érection quand elle s'était laissé retomber sur ses genoux, mais elle n'était pas restée assez longtemps pour en être sûre.

Je devrais clairement recommencer. Cette décision n'avait aucun sens. Elle n'appréciait même pas ce type. Pas du tout. Pourtant, elle avait envie de savoir. *Est-ce qu'il me trouve attirante ?*

Maurice oui, en tout cas. Le pauvre garçon ne pouvait pas la regarder sans rougir. Trop mignon. Alors que Jean-François, lui, ne pouvait pas s'empêcher d'avoir l'air renfrogné. Encore plus mignon.

Le portail qui donnait sur le complexe hôtelier était bordé de grands lions dorés. Un filigrane doré avec le nom Hôtel Club Lyon était gravé dans les courbes et les volutes de l'arche bâtie au-dessus. Très joli, mais même cette clôture haute n'arrêterait pas quelqu'un de déterminé à entrer.

Au-delà des portes s'étendait le paradis. Des arbres luxuriants aux feuilles vert vif bordaient l'allée pavée menant à la propriété. Des fleurs éclatantes et colorées exhalaient de délicieuses odeurs, leur parfum lui chatouillant le nez. Elle ferma les yeux de plaisir en inhalant profondément. *Ça sent assez bon pour qu'on ait envie de se rouler dedans.* Car oui, les lions adoraient se rouler dans la végétation.

Les yeux toujours fermés, elle inspira à nouveau, cette fois-ci en faisant abstraction des odeurs évidentes pour filtrer celles qui se dissimulaient derrière. Les gaz d'échappement de la Jeep. Une touche de fumée âcre. Un soupçon de sel dans l'air. L'océan était proche. Elle avait hâte de tremper ses orteils dans l'eau chaude. Une fois la nuit tombée. Car sa peau pâle ne supportait pas le soleil de midi.

La Jeep s'arrêta devant un grand bâtiment de corail blanchi. Unique et très beau.

Maurice la vit regarder.

— Tout le complexe hôtelier a été construit à partir de ressources naturelles trouvées sur l'île.

— Je ne suis pas certain que construire des bâtiments à partir de ressources naturelles implique de récolter le corail, dit Jean-François en sautant hors de la Jeep. Il tendit ensuite la main vers Jan pour l'aider à descendre et elle la saisit avec un sourire.

Personne n'aida Stacey à descendre de la Jeep.

Maurice secoua la tête.

— Tous les matériaux ont été recyclés et non pas récoltés ou abattus. Dans les jungles, beaucoup d'arbres tombent ou ont besoin d'être taillés pour ne pas être détruits par les tempêtes. Tout comme le corail qui passe par des cycles où les parties les plus anciennes meurent et se détachent. Nous utilisons même les morceaux qui s'échouent sur le rivage.

— C'est de la roche volcanique ? demanda Stacey en pointant du doigt la pierre plus sombre incorporée aux murs. Je croyais avoir lu que le volcan se trouvait sur une terre protégée par le gouvernement.

— C'est le cas, mais au fil des ans, les habitants de l'île ont découvert des réserves en dehors de cette zone. Et puis bien sûr, il y a tout ce qu'on trouve sur la plage.

En réalité, Stacey n'en avait rien à faire de savoir où le complexe hôtelier s'approvisionnait en matériaux. Elle avait posé la question car, plus elle en saurait, plus il y avait des chances que quelque chose lui saute aux yeux. Joan pouvait dénigrer son travail de coordinatrice d'événements autant qu'elle voulait, cependant ce qu'elle ne comprenait pas, c'était cette capacité qu'avait Stacey à analyser les personnes et les situations. Stacey avait intérêt à être douée dans ce domaine afin d'éviter que les mariées ne se transforment en Godzilla.

Une fois qu'ils atteignirent l'intérieur du bâtiment, le processus d'accueil se déroula comme dans les autres hôtels. On plaça un épais bracelet en silicone autour de son poignet dont les extrémités étaient scellées pour éviter qu'il ne soit retiré. Ce dernier prouvait qu'elle faisait partie des clients du complexe hôtelier.

Elle le leva en souriant.

— Boissons gratuites.

— Boissons. Nourriture. Serviettes. Tout ce dont vous avez besoin. Il vous sert également de clé, leur expliqua Maurice en leur montrant. Placez votre poignet devant votre porte et le dispositif à l'intérieur vous permettra d'entrer.

Une technologie fascinante. Dans la résidence du clan des lions, tous les appartements étaient équipés de lecteurs d'empreintes digitales, mais pour un hôtel, c'était peut-être un peu trop excessif.

— Est-ce que tous les employés doivent en porter un ? demanda-t-elle en désignant le poignet de Maurice.

Contrairement à son bracelet doré, il était d'un rouge foncé.

— Tout le monde ici en a un, même les livreurs et

l'équipe de maintenance. Cela nous aide à identifier le personnel et les clients.

Elle se demanda si le Liotaure sur la vidéo en portait un également. Elle essaya de se remémorer ce qu'elle avait vu mais ne parvint pas à se souvenir. Alors qu'ils s'avançaient vers leur voiturette où étaient stockés leurs bagages, elle envoya un texto rapide à Melly.

— Tu ne veux pas ranger ça ? gronda Jean-François. Je suis sûr que ton statut Facebook peut attendre quelques minutes de plus.

— Ce n'est pas de ma faute si j'ai des amis qui s'intéressent à ce que je fais.

— Tu aurais peut-être dû emmener l'une de tes amies avec toi.

Comme c'était dans sa nature d'agir comme une gamine insolente, elle posa les mains sur ses hanches et rétorqua :

— Je vais dire à Papa que tu es à nouveau méchant avec moi. Je lui avais pourtant bien dit que ce voyage ne nous aiderait pas à créer des liens.

Ses lèvres tressaillirent. Un simple petit muscle. Mais elle le vit.

— Papa aurait dû mettre un préservatif, répondit-il.

— Et moi qui pensais que tu allais dire que ma mère aurait dû avaler.

Le pauvre Maurice s'étouffa et cette fois-ci les lèvres de Jean-François tressaillirent pour de bon.

Je vais te faire craquer !

La voiturette de golf dans laquelle ils s'entassèrent – sauf Jan qu'ils avaient laissée à l'accueil – emprunta les sentiers sinueux qui sillonnaient le complexe hôtelier. Au fur et à mesure qu'ils les traversaient, Maurice leur indiquait les lieux importants.

— Les terrains de tennis sont tout en haut du complexe, ainsi que le tir à l'arc et le bowling sur gazon. Le spa se trouve à l'extrémité est de la plage et offre des soins en intérieur et en extérieur. Il y a des cours de yoga sur la plage le matin, à l'aube ainsi que d'autres cours d'éducation physique tout au long de la journée. Il y a la marina, située à l'ouest de la plage principale qui propose de faire du bateau, du paddle, du kayak pour ceux qui souhaitent faire des activités aquatiques.

Alors qu'il énumérait toute une liste d'activités, qui impliquaient toutes de transpirer et de faire des efforts, à la place, Stacey observa plutôt le profil granitique de son compagnon depuis sa place à l'arrière.

L'homme souriait rarement et ne semblait absolument pas à l'aise dans cet environnement tropical. Il ne s'était toujours pas dévêtu. Dommage. Elle se demandait ce qu'il cachait sous ses couches de vêtements.

En tout cas, il n'avait pas l'air d'être à sa place. Vu sa mine renfrognée, elle allait devoir se débarrasser de lui si elle voulait réussir à appâter le Liotaure. Personne ne tenterait de la kidnapper, si son *frère* la collait trop.

Étant donné son aversion pour elle – qui était probablement feinte puisqu'*Allô, je suis géniale* – ce ne serait pas difficile de le convaincre qu'ils partent chacun dans des directions opposées. Une direction qui la mènerait vers ce mystérieux métamorphe.

La voiturette s'arrêta devant un bâtiment de 3 étages couleur rose pastel. Il y avait deux portes par étages et de nombreuses fenêtres.

— Voici le bâtiment Bella. On vous a attribué le dernier étage, c'est celui qui a la meilleure vue.

— Combien d'autres personnes logent ici ?

Et pour masquer sa curiosité, elle ajouta :

— Je suis un peu noctambule. Je ne voudrais pas empêcher les clients de dormir.

— Le bruit ne sera pas un problème. L'étage du milieu est en travaux.

— Et le rez-de-chaussée ? demanda-t-elle en scrutant les rideaux tirés avec intérêt.

— Il est vide.

— Il ment, dit Jean-François et Maurice sursauta légèrement.

— C'est faux.

— Dis-lui.

Son acolyte n'eut pas besoin d'ajouter « Sinon... » Le message était clair et net.

Maurice soupira.

— Je ne suis pas censé en parler. Mais apparemment, la cliente qui logeait dans cette chambre – il pointa la porte du doigt – semble s'en être allée.

— Elle est partie ? demanda Stacey. De son plein gré ? Ou bien quelqu'un l'a forcée ?

Face à sa question pertinente, Maurice se tortilla.

— Je suis sûr qu'elle va bien, où qu'elle soit. L'île a un taux d'incidents très bas, et ceux-ci sont rarement violents.

— J'ai du mal à y croire. En général, les lions et autres métamorphes le sont.

Maurice parut surpris par la remarque de Jean-François.

Prenant pitié de lui, Stacey dit :

— Tu n'as pas besoin de cacher notre vraie nature en présence de mon frère. Même s'il n'est pas un métamorphe extraordinaire comme nous, il connaît leur existence et gardera notre secret.

— J'espère qu'il pourra, car les natifs de l'île sont des humains.

— Tous ? demanda-t-elle.

Il hocha la tête.

— Mais toi, non.

— À la base, je ne viens pas d'ici. Tous les métamorphes que vous verrez qui travaillent pour le complexe hôtelier viennent d'ailleurs.

— Quel est le ratio humains/métamorphes sur l'île d'après toi ?

Face à son regard tranchant, elle haussa les épaules.

— Je suis juste curieuse. J'organise un mariage pour une amie.

— Je croyais que vous étiez là pour créer des liens avec votre frère.

— Je fais d'une pierre deux coups, dit-elle avec un clin d'œil.

— On serait probablement plus proches si elle ne travaillait pas tout le temps, lâcha Jean-François. Montre-nous nos chambres, tu veux bien ? Peut-être que là elle essaiera de se détendre.

— Veuillez me suivre.

Maurice les guida en haut des escaliers jusqu'au dernier étage. Un balcon large longeait tout le bâtiment.

Maurice désigna la porte.

— Placez votre poignet ici.

Elle agita le sien devant le carré noir et d'un clic, la porte s'ouvrit.

— Vous avez quinze secondes pour ouvrir la porte avant qu'elle ne se verrouille à nouveau.

Ouvrant la porte, Maurice leur fit signe d'entrer en premier.

Stacey s'exécuta, remarquant immédiatement les plafonds hauts et le carrelage en céramique qui permettait de garder la fraîcheur de la chambre, ainsi que la climatisation qui soufflait à plein régime avec un ronflement bruyant. La chambre était équipée d'un énorme lit à baldaquin avec des voiles, d'un canapé à deux places et d'une table basse, ainsi que d'une commode surmontée d'une télévision. Tout avait l'air neuf.

Stacey jeta son sac à main sur la couverture à fleurs avant de faire de même avec ses chaussures pour aller jeter un coup d'œil dans la salle de bains. Immense, celle-ci était entièrement recouverte d'un carrelage blanc et bleu marine, y compris la douche vitrée. Une baignoire à remous occupait également l'espace, placée stratégiquement devant une fenêtre avec vue sur la jungle.

— Ça fera l'affaire, annonça-t-elle.

— L'autre chambre est identique, souligna Maurice. La porte attenante qui les sépare fonctionne également avec le bracelet, même si vous pouvez la verrouiller si, vous, hum, avez besoin d'intimité.

Même si elle ne le regarda pas, Stacey pouvait très bien imaginer ses joues toutes rouges. C'était Arik qui avait eu l'idée que leurs chambres soient communicantes. Bizarrement, il pensait que cela lui éviterait des ennuis.

Mais il ne me connaît pas ou quoi ?

Ce ne fut que lorsque Maurice eut terminé de leur faire la visite, leur indiquant le coffre-fort dans l'armoire, les différents articles de toilette offerts, ainsi que le minibar bien dissimulé, qu'elle demanda :

— J'imagine que tu dois bien connaître l'île maintenant Maurice. Où me conseilles-tu d'aller si une lionne a envie de bronzer *intégralement* ?

— Tu cherches déjà à te débarrasser de tes vêtements ? ricana son acolyte rabat-joie. Pourquoi est-ce que ça ne me surprend pas ?

Cependant, Maurice comprit sa question.

— Comme je l'ai mentionné avant, le complexe hôtelier est géré par des humains et des métamorphes qui ont été amenés ici. Il n'aurait pas pu être entièrement composé de lions sinon le gouvernement local aurait remarqué que quelque chose clochait et aurait protesté. C'est pourquoi nous n'avons pas de zones de tranquillité sur le site, mais...

Maurice se dirigea vers les grandes baies vitrées qui menaient au balcon.

— À l'est, il y a ce volcan endormi dont je vous ai parlé avec un territoire qui est considéré comme un espace protégé. Même si les gens peuvent se promener, ils n'ont pas le droit d'endommager la jungle ou d'escalader le volcan. C'est trop dangereux. Mais cette règle ne s'applique évidemment pas à la faune locale. L'intérieur du volcan est un très bon endroit pour prendre un bain de soleil. Et si vous rugissez, cela fait écho.

— Génial.

Parce qu'aucun lion digne de ce nom ne voudrait rater l'occasion de se prélasser sous le soleil tropical en portant sa peau de félin.

— Vous avez des questions, monsieur ? demanda Maurice à Jean-François.

— Où est le bar le plus proche ?

Stacey tapa dans ses mains.

— Excellente idée, mon frère. Allons nous bourrer la gueule avec élégance.

Sur ce, elle vira Maurice, puis se tourna vers JF.

— Bois un verre pour moi.

— Qu'est-ce que tu prépares ? demanda-t-il en croisant les bras et d'un air sévère.

Et sexy.

— Tu as entendu ce qu'a dit Maurice. La Shania qui a disparu logeait au rez-de-chaussée.

— Ça ne fait même pas une heure que tu es là et tu prévois déjà d'entrer par effraction, c'est ça ?

— Par effraction ? dit-elle en souriant. Les professionnels n'ont pas besoin de tout casser pour entrer. Pas quand ils ont des applications spéciales.

Elle tendit son téléphone.

— Es-tu en train de dire que tu as une application de crochetage de serrure sur ton téléphone ?

— J'ai même mieux. Une connasse qui s'y connaît en codage.

Elle vérifia ses messages et sourit.

— Ai-je aussi précisé que Melly est une hackeuse durant son temps libre ?

Elle ouvrit l'application spécialement installée sur son téléphone avant de partir. Puis, quand ce fut nécessaire, elle tint son bracelet contre son portable jusqu'à ce qu'elle entende un bip. Elle tendit ensuite la main vers son bras. Ses doigts entrèrent en contact avec sa peau et un électrochoc la traversa. De l'électricité statique multipliée par un million et tout se concentra à un seul endroit de son corps.

Surprise, ses yeux rencontrèrent les siens et elle remarqua qu'ils brillaient. D'un éclat rouge.

Un rouge malfaisant.

Plutôt cool.

Et tout ça pour moi.

Ses lèvres s'étirèrent en un sourire.

— Mets ton bracelet ici pendant une seconde, dit-elle en pressant son poignet contre son téléphone jusqu'à ce que celui-ci émette un bip. Voilà, tu peux aller où tu veux maintenant.

— Est-ce que ça va laisser des traces dans le système ?

— Es-tu en train de dire que Melly est négligente ? ricana-t-elle. Bien sûr que non. Nous avons désormais mieux qu'un passe-partout pour pouvoir accéder à tous les endroits que nous souhaitons. Nous avons une clé fantôme ce qui signifie que nous pouvons entrer et sortir sans que personne ne le sache.

— Tu te rends bien compte que si tu peux faire ça si facilement, d'autres le peuvent aussi.

— Exactement, c'est pourquoi nous ne pouvons pas faire confiance à ce qu'ils ou leurs ordinateurs, nous disent. Alors, garde ça en tête quand tu iras boire ce verre.

— Oh, mais je ne vais pas te laisser seule, princesse.

— Pourquoi mon joli ? Est-ce ta façon de dire que tu veux venir inspecter la chambre de Shania avec moi ?

— C'est ma façon de m'assurer que tu ne t'attires pas d'ennuis.

Elle ricana.

— Ouais, je préfère te prévenir que le fait de t'avoir à mes côtés n'y changera rien.

— Quelle est notre excuse si nous nous faisons prendre ?

— Une excuse ? se moqua-t-elle. Les excuses c'est pour les mauviettes. Je suis libre d'aller où je veux. Et si je me fais pincer, je montrerai mes seins.

Il baissa les yeux vers sa poitrine.

— Certains d'entre nous n'ont pas cet avantage.

— Je n'en suis pas si sûre, mon joli. Des abdos impressionnants peuvent tout aussi bien marcher.

— Donc si je me fais attraper, je me prostitue, c'est ça que tu dis ?

— Je préfère dire que j'utilise ce que la nature m'a offert.

— Ou tu pourrais tout simplement éviter de t'attirer des ennuis.

Cette remarque la poussa à lui tirer la langue.

— Écoute, mon joli, si tu es trop poule mouillée pour

venir, alors va au bar ou bien reste dans nos chambres. Je me fiche de ce que tu fais.

À moins qu'il n'ait l'intention de se branler, dans ce cas-là, elle resterait peut-être pour regarder.

— Moi, j'y vais.

Sur ce, elle s'en alla, fermant la porte derrière elle puisqu'il ne semblait pas enclin à la suivre.

Elle dévala les escaliers, heureuse d'un côté de ne pas avoir affaire à lui, mais agacée, car elle ne l'avait pas perçu comme un lâche qui respectait les règles. Cet homme possédait le genre d'assurance que l'on retrouvait chez ceux qui dirigeaient. En revanche, sur un plan plus positif, son côté peu aventureux lui permettait d'oublier son physique avantageux.

Atteignant le niveau inférieur, elle jeta un rapide coup d'œil autour d'elle qui lui confirma que personne ne regardait. Elle agita donc son poignet devant la porte et quand celle-ci cliqua elle l'ouvrit.

Alors qu'elle s'apprêtait à entrer, une main se plaqua contre sa bouche. Elle fut entraînée dans la pièce et la porte se referma derrière elle.

CHAPITRE HUIT

— Putain de merde ! hurla-t-il alors que Stacey le frappait à l'estomac avec son coude, écrasait son pied avec le sien en renversant la tête en arrière, heurtant son menton.

Il desserra son étreinte, suffisamment pour qu'elle se libère et pivote, le remarquant alors. Mais elle ne s'arrêta pas pour autant. Elle lui donna un coup de pied à la cheville et en le poussant fermement, elle l'envoya valser par terre. Puis, elle lui bondit dessus.

Surpris par son savoir-faire, il resta au sol – par ça et par le fait qu'elle soit assise sur lui, les yeux brillants, sa poitrine se soulevant et son entre-jambes fermement pressé contre lui.

Son corps le ressentit.

Elle aussi le remarqua, et il eut droit à un rictus lent.

— Salut, mon joli.

Elle se tortilla sur lui et même si son corps réagissait, sa bite se durcissant au point de palpiter, il garda son air renfrogné.

— Pourquoi t'as fait ça ?

— Demande le type qui pensait pouvoir me malmener.

— Je te prouvais juste que tu n'étais pas assez sur tes gardes.

— Oh pitié, mon joli, je connais bien le jeu du chat et la souris. Je savais que tu étais là.

— Alors pourquoi m'as-tu laissé t'attraper ?

— J'espérais au fond que tu me plaquerais contre un mur pour m'embrasser.

— Pff, mon cul ! s'énerva-t-il.

Même si cela lui avait effectivement traversé l'esprit.

— Justement, en parlant de cul, on pourrait peut-être coucher ensemble.

Elle se tortilla un peu plus sur lui, le soumettant à une forme de torture cruelle.

— Il suffit de le demander poliment, continua-t-elle.

— Pff, tu parles, il faudra d'abord me passer sur le corps.

— Sur un endroit en particulier ? dit-elle avec un sourire provocateur.

Ben sous la ceinture, évidemment. Une remarque qu'il décida de garder pour lui.

— Qui t'a appris à te battre comme ça ? Parce qu'il ne s'était certainement pas attendu à ça de sa part. Et pourtant, il aurait dû. Il avait déjà vu les lionnes se battre au combat auparavant. Mais Stacey était différente. Plus douce, plus féminine. Il aurait clairement dû faire plus attention à la rouquine.

Tous les petits du clan apprennent à se défendre dès la naissance. Vraiment, mon joli, tu aurais dû le savoir.

— Je teste juste tes aptitudes, princesse.

Testons ses compétences orales. Il ne pouvait pas blâmer la bête sombre en lui d'avoir émis cette suggestion.

— Comment es-tu arrivé ici avant moi ? demanda-t-elle. Tu ne m'as pas dépassée dans les escaliers.

— J'ai sauté du balcon – en se métamorphosant rapidement afin de se débarrasser de toute odeur – et je suis entré par l'arrière.

— Vilain garçon. Tu as voulu me faire une surprise. Comme c'est adorable.

— J'essayais de t'apprendre à être plus prudente.

— Et à la place, je t'ai appris à ne pas trop me chercher.

Elle se pencha en avant, assez proche pour qu'il puisse sentir son souffle sur son visage, parfumé à la fraise, comme son gloss.

— Vu que j'ai gagné ce duel, ai-je droit à une récompense ?

Il n'aurait pas pu dire ce qui le poussa à le faire. Mais tout à coup, il claqua sa main sur son cul et alors qu'elle écarquillait les yeux, il lui dit :

— La voilà ta récompense.

— Une simple fessée. Ça me paraît assez bas de gamme si tu veux mon avis.

— Tu préfèrerais que je te retourne sur mes genoux et que je te donne la fessée pendant plusieurs minutes ?

Il comprit son erreur dès l'instant où les mots franchirent ses lèvres. D'autant plus que son sourire s'élargit jusqu'à en devenir éblouissant.

— Oui, à vrai dire, ça me plairait beaucoup.

— Dommage, car ça n'arrivera pas.

Il les fit soudain rouler sur le côté, la reposant par terre pour qu'il puisse se relever d'un bond.

Il n'aurait pas su dire si c'était la bête ou l'humain en lui qui hurla « *Non !* ».

Pendant un instant, elle resta étendue par terre, trop belle pour la décrire avec des mots, bien trop tentante. Même le fait de se rappeler qu'elle était folle et qu'elle avait des gènes de félin n'arrêtait pas son désir.

Elle en avait envie. Elle avait envie de lui. Elle avait été assez claire sur ce sujet. Il la voulait aussi. Il avait envie de l'attraper par ses cheveux roux ardent et de la pénétrer par-derrière.

Mais JF se reprit, refusant de céder à ses instincts les plus bas. Il avait déjà laissé son désir prendre le dessus une fois, et cela lui avait presque coûté la vie. Il ne referait pas la même erreur.

Se détournant d'elle, il étudia la pièce dans laquelle ils venaient d'entrer. La disposition et le décor étaient identiques à ceux de l'étage supérieur, à quelques différences près, notamment le désordre qui y régnait.

— Ont-ils fouillé sa chambre à la recherche d'indices ? demanda-t-il en enjambant les nombreux vêtements qui jonchaient le sol.

— J'en doute. Je pense que ce que tu as sous les yeux c'est le comportement d'une vraie flemmarde, dit-elle en pointant la pile de vêtements à côté du lit. Voilà à quoi ça ressemble quand quelqu'un rentre de soirée, un peu bourré et parvient à se déshabiller pour se laisser retomber sur le lit.

Elle désigna ensuite la valise qui débordait de vêtements, les couleurs se mélangeant dans le désordre.

— Et ça, c'est quand elle cherche la tenue parfaite.

— Ne serait-il pas plus sensé de les accrocher à des cintres ?

Le simple fait de voir tous ces plis le fit frissonner.

— Les flemmards n'ont ni le temps ni l'envie de plier ou de suspendre leurs vêtements dans un placard.

— On dirait que tu parles en connaissance de cause.

— Si par là tu suggères que je suis une flemmarde, alors non. J'aime trop mes habits pour ça. Mais je connais bien quelques-unes d'entre elles au sein du clan, c'est pourquoi je n'éprouve aucune culpabilité quand je récupère certains de leurs vêtements.

— Tu voles leurs habits.

— Je préfère le terme « emprunter » parfois de façon permanente. Mais seulement les vêtements qui ont besoin d'être récupérés.

— Ça reste du vol.

— Si ça peut te rassurer, je ne toucherai probablement pas à tes vêtements. Mais tu es tout à fait libre d'emprunter les miens.

S'observant lui, puis elle, il dit lentement :

— Tu réalises quand même que, même si j'avais envie de les porter, ils ne m'iraient pas.

— Je sais, mais tu ne trouves pas que c'était généreux de ma part de te le proposer ?

La façon dont son esprit fonctionnait était manifestement bien différente du reste du monde. Il rejeta la faute sur son cerveau de chat qui n'était pas plus gros qu'un pois chiche.

S'éloignant de Stacey, JF vérifia la salle de bains, le comptoir près du lavabo était jonché de fioles et de poudriers.

— Elle n'est clairement pas partie de son plein gré, observa Stacey. Une fille qui aime autant son maquillage ne serait jamais partie sans au moins prendre son mascara.

— La beauté naturelle n'a pas besoin d'artifice.

— Il n'y a rien de mal à se mettre en valeur.

Si elle se mettait encore plus en valeur, il n'allait plus pouvoir faire preuve de bon sens. Revenant dans la pièce principale, il prit le temps d'inspirer et d'expirer. En passant au crible les odeurs, certaines se démarquèrent.

— Je sens l'odeur de Maurice et Jan, dit-il à voix haute,

leur parfum étant familier, même s'il ne les avait vus qu'une fois.

— Et je parie que cette odeur de banane est celle de la fille.

Elle brandit un tube de crème pour le corps avec le fruit jaune sur l'étiquette.

— Alors il y a deux autres odeurs.

— Un humain avec une odeur corporelle.

Qui ferait mieux d'investir dans un déodorant.

— Et quelqu'un d'autre. Quelqu'un qui sent le lion mais qui n'est pas tout à fait normal.

— C'est peut-être son agresseur qui est venu dans sa chambre avant de l'enlever ?

— Peut-être.

Elle s'avança vers la baie vitrée coulissante, celle qu'il avait facilement ouverte, le loquet n'étant pas difficile à forcer. Elle s'accroupit et promena ses doigts le long du rail coulissant. Elle saisit alors un poil. Une mèche dorée. La tenant en l'air, elle l'étudia.

— Ça pourrait être à n'importe qui, remarqua JF en se plaçant près d'elle.

— C'est vrai. Mais le fait même qu'il y ait autant d'indices est dérangeant. Je veux dire, je comprends que la direction ou les flics puissent penser qu'elle soit partie d'elle-même, seulement n'importe quel imbécile avec la moitié d'un cerveau peut voir qu'elle n'a rien pris avec elle. Y compris son sac à main.

Une large sacoche trônait sur la table de nuit et Stacey s'approcha pour jeter un coup d'œil à l'intérieur.

La coque rose attira son regard. Elle en sortit un téléphone et appuya sur le bouton de démarrage.

— Il n'a plus de batterie.

— Tu n'aurais probablement pas dû toucher ça. Donne-le-moi. Je vais effacer tes empreintes.

— Non, je le garde.

— Je suis plutôt certain que tu n'as pas besoin de voler le téléphone de cette fille. Tu en as déjà un.

Elle lui jeta un regard noir.

— Je ne le vole pas. Le mien est bien mieux que ce truc de septième génération. Je le récupère comme preuve. Peut-être qu'on y trouvera quelque chose qui nous aidera à comprendre ce qu'elle avait prévu.

— En supposant que tu arrives à craquer le code d'accès.

— N'aie crainte, mon joli, je peux faire craquer tout ce que je veux une fois que je m'y mets.

Et plus inquiétant encore, pourquoi aurait-il pu jurer avoir entendu « *y compris toi* ».

La pièce ne leur offrant aucune autre preuve, à part celles qui ne faisaient que renforcer l'idée d'un acte criminel, ils retournèrent dans leurs chambres – séparément, avec JF qui avait essuyé toutes les choses qu'ils avaient touchées – afin de se préparer pour la soirée.

Ou du moins, elle en tout cas se préparait. Il jeta un regard noir en direction du sac qu'elle avait rempli d'affaires pour lui. Il sortit les vêtements un par un, son agacement ne cessant de croître et il faillit piquer une crise quand il ne découvrit pas un mais deux strings banane.

Pour ceux qui ne connaissent pas l'expression, un string banane est ce que les hommes, généralement avec de gros ventres, portent pour démontrer leur absence de virilité et de couilles. Les maillots de bain riquiquis étaient affligeants, et le fait qu'elle ait pu concevoir qu'il les porterait l'était encore plus. Il les jeta dans la poubelle, avec les shorts de sport moulants, le crop top en maille et un tee-shirt portant l'inscription « Beau Gosse En Service ». Il garda cependant les quelques articles qui n'étaient pas totalement abominables, comme les chemises à col aux couleurs vives et les shorts kaki. Il allait devoir se payer une visite aux magasins de la station et trouver un moyen de s'habiller de manière plus appropriée.

Pour le moment, il gardait sa tenue actuelle, le pantalon était un peu plus froissé que ce qu'il aurait voulu et sa chemise n'était pas aussi fraîche que lorsqu'il avait commencé sa journée, mais c'était passable. Il ne pourrait pas la porter à nouveau le lendemain, pas avec cette chaleur.

Et il se ferait remarquer s'il le faisait.

Mais bon, de toute façon, il se faisait déjà remarquer dans cet environnement tropical. Les gens venaient dans ce genre d'endroit pour passer du bon temps. Bronzer au soleil. Boire de grosses quantités d'alcool. S'envoyer en l'air.

JF détestait tout ça. Sauf s'envoyer en l'air. Il était un homme avec des besoins, après tout. Des besoins qui n'auraient pas dû impliquer cette femme qui se trouvait dans la pièce d'à côté.

Une femme qui le rendait complètement dingue alors qu'ils n'avaient même pas encore passé toute la journée ensemble.

Coincé au paradis avec une princesse pourrie gâtée.

Quelle horreur. Pourquoi Gaston n'avait-il pas envoyé quelqu'un d'autre et laissé JF sur place ?

La plupart des gens auraient tué pour être à sa place. JF le savait, il comprenait même qu'il était un idiot en détestant tout ce qui s'était passé jusqu'à présent. Mais il ne pouvait pas s'en empêcher. Il ne se sentait pas du tout à sa place, putain.

Ce complexe hôtelier était un endroit ensoleillé où toutes les inhibitions s'envolaient. Un endroit où les gens pouvaient baisser leur garde et s'amuser sans penser aux conséquences.

Cependant, JF n'arrivait pas à se détendre. S'il se détendait, la bête en lui risquait de s'enfuir. Une bête qui n'avait pas beaucoup de morale. Il risquait de faire de mauvaises choses, de très mauvaises choses qui causeraient des ennuis.

Ce n'était que récemment qu'il avait vu ce qu'il se passait quand ceux de son espèce choisissaient de laisser la faim et le désir prendre le dessus sur leur bon sens. Certains des autres soldats que Gaston avait créés s'étaient retournés contre lui. Ils avaient enfreint les règles qui régissaient leur existence et avaient tué. Ils avaient tué des humains et des métamorphes pour de la nourriture.

C'était totalement inacceptable.

Un whampyr qui enfreignait les règles était un danger pour lui-même et les autres. Sans règles, ils chassaient sans réfléchir et sans éprouver le moindre remords. Et quand c'était le cas, ils mourraient, car Gaston le sauveur et créateur de whampyrs, ne pouvait accepter que ses sbires ne deviennent hors de contrôle.

Même sans la menace de son créateur, JF ne pouvait pas se permettre de faiblir. C'était lui et non les ténèbres qui l'habitaient qui contrôlait ce corps.

Cette mission testerait ses limites. Elle testerait sa capacité à regarder la tentation dans les yeux – plutôt que sous son cou, entre la vallée que créaient ses seins pâles – ignorer le doux parfum de miel d'une femme – avec un soupçon de vanille qui le faisait saliver et lui faisait mal aux crocs – et à se comporter comme devait le faire un frère, protecteur et jetant des regards noirs, et non pas avides avec l'envie d'attirer une certaine rousse plus près pour voir si elle serait bien contre lui.

Je sais déjà qu'elle serait parfaite. Et je parie qu'elle a un goût délicieux.

Quand même, une petite léchouille ne pouvait pas faire de mal, non ?

C'était de la folie.

— Tu es prêt, *Roc* ?

Sans surprise, elle entra dans sa chambre sans frapper.

Qu'aurait-elle fait si elle m'avait surpris en train de faire quelque chose de sale ? Avec un peu de chance, elle l'aurait rejoint.

— Roc ? s'étonna-t-il.

— Eh bien, je ne peux pas vraiment continuer à t'appeler mon joli. À moins que tu n'aies envie de donner aux gens l'impression que notre relation sort tout droit de G.O.T[1] ?

Lorsqu'il cligna des yeux face à sa drôle de référence, elle eut un grand sourire.

— Tu ne regardes pas *Game of Thrones* ?

— Je préfère la lecture à la télévision.

— Alors tu devrais lire le premier livre de George R.R Martin. Il se passe tout un tas de trucs cools dans son univers et son esprit tordu. Ça te donnera peut-être des idées. En attendant, comme je n'ai pas l'intention de jouer le rôle de Cersei et toi celui de Jamie, il te faut un surnom plus approprié qui ne fera pas croire aux gens qu'on fait des folies.

— Et si tu m'appelais simplement par mon prénom ? J'en ai un, tu sais.

— Oui, je sais. Jean-François. C'est bien trop long. Tu dois bien avoir un surnom plus court. Quand une femme jouit et hurle, ça ne devrait pas être plus de deux syllabes, tout au plus.

Ses propos étaient des plus scandaleux. Mais lui aussi pouvait jouer à ça.

— Et moi qui croyais que les femmes aimaient avoir la bouche pleine.

Elle resta bouche bée et il fit en sorte qu'elle remarque son regard posé sur ses lèvres quand il lâcha :

— Ouvre plus grand.

— Tu es un homme très surprenant, mon joli.

— Appelle-moi Jean.

— C'était le prénom de ma grand-mère.

Elle osait le comparer à une vieille dame ? Il fronça les sourcils.

— Gaston m'appelle JF.

La plupart de ses amis l'appelaient par ses initiales.

— Je ne fais pas partie de ta fraternité de mecs, moi. Complètement inacceptable. J'imagine que si je dois choisir entre les deux, François devrait faire l'affaire. Et puis, c'est assez Français.

— Probablement parce que je suis franco-canadien.

— Canadien ? dit-elle d'une voix soudain aigüe et perplexe. Je n'aurais jamais cru. Les Canadiens sont habituellement si gentils.

— Je suis gentil, dit-il en dévoilant ses dents. Je n'ai encore tué personne.

Elle se mit à rire.

— La nuit ne fait que commencer. Il y a encore de l'espoir.

Son rire résonnant comme un son de cloche, elle sortit de leur chambre et il ne put que la suivre, attiré par son déhanchement envoûtant dans cette robe bien trop courte. Pouvait-on même la qualifier de robe ? Elle couvrait à peine les courbes de ses fesses. Elle moulait chaque nuance de ses formes, mettant en valeur ses hanches, accentuant le creux de sa taille. Quant au devant, le décolleté plongeant attirait le regard.

Il aurait été si facile d'écarter le tissu et de caresser la peau de sa poitrine du bout du nez.

Non, on ne caresse pas du bout du nez.

Mordre ? suggéra sa bête intérieure.

Non, certainement pas de morsure.

Ni de coupe de langue.

Ni de caresse.

Pff, rabat-joie. Il n'aurait pas su dire laquelle de ses voix intérieures venait de parler.

Le crépuscule était tombé et pourtant, la station restait éclairée, les torches qui bordaient le chemin vacillaient sous leurs dômes de verre, les ampoules imitant la forme des flammes.

Il remarqua d'autres clients, qui marchaient à deux ou plus, la plupart se tenant la main, se dirigeant tous vers le bruit sourd des basses qui emplissait l'air.

Le pavillon dans lequel ils entrèrent était gigantesque, la terrasse immense abritait de nombreuses tables, certaines assez larges pour accueillir jusqu'à dix personnes, tandis que des tables plus petites de deux ou quatre places étaient disposées sur les bords extérieurs.

Un énorme buffet accueillait un flot continu de personnes qui tenaient assiettes et couverts en se servant à manger pour ensuite trouver un endroit où s'asseoir et l'apprécier.

— Sois gentil, mon frère, et va nous chercher de la nourriture pendant que je nous trouve une table.

Encore des ordres, pourtant, avant qu'il n'ait le temps de lui dire d'aller chercher ses propres victuailles, elle disparut, sa silhouette se glissant gracieusement entre les gens, le laissant seul.

Et comme le fait de rester planté là au milieu aurait paru louche, il se dirigea vers le buffet, mais ne remplit qu'une seule assiette. Ce qu'il avait envie de manger n'était pas disponible sur une table ou dans un chauffe-plat.

Grâce à sa grande taille, il pouvait observer par-dessus les têtes et repéra la couronne de cheveux rouge feu qu'il avait à sa charge. Évidemment, Stacey avait choisi une table en plein milieu de l'action, une table bondée de monde et sans aucune place de libre.

Il déposa le plateau de nourriture devant elle avec un bruit sourd.

— Merci.

— De rien, dit-il la mâchoire serrée.

— Je vous présente François, mon cher frère.

— Ton frère aimerait-il se joindre à nous ? demanda un jeune type.

JF le renifla. D'après son odeur, c'était un tigre. Le type se leva et commença à déplacer sa chaise pour lui faire de la place.

— Pas la peine, murmura-t-il. Je vais au bar.

Il pouvait boire plusieurs verres sans en subir les conséquences. Les boissons alcoolisées ne l'affectaient pas beaucoup, mais contrairement à la nourriture, il appréciait la brûlure de l'alcool lorsque celui-ci descendait dans sa gorge.

S'appuyant contre le bord du bar, JF avait vue pile sur sa fausse sœur, il regarda autour de lui et remarqua tous les détails possibles.

La terrasse, constituée d'une sorte de pierre blanche, possédait plusieurs niveaux. Le plus haut, là où ils se trouvaient, accueillait les tables, la nourriture et le premier bar. Le second niveau proposait des fauteuils confortables, le genre avec des coussins et de petites tables pour y poser sa boisson, autour d'une grande piscine dans laquelle plusieurs personnes se baignaient.

Le troisième niveau était plus étroit et s'étendait jusqu'à

la plage. Malgré la nourriture au niveau supérieur, les gens grouillaient de partout et parmi la foule, un nombre inquiétant de personnes étaient des métamorphes.

Des animaux se faisant passer pour des gens.

Le prédateur en lui se hérissa. D'habitude, cela ne dérangeait pas JF d'être au milieu des métamorphes. Et puis, le club dans lequel il travaillait embauchait un bon nombre d'entre eux et s'occupait également d'eux. Cependant, quand il était au club, il était sur son territoire. Avec ses employés.

Ici, il n'était qu'un client parmi d'autres. Un homme en sous-effectif au milieu des animaux domestiques. Mais le mieux, c'est qu'ils n'avaient aucune idée de ce qui était également parmi eux.

Les métamorphes ne pouvaient pas sentir l'odeur de son espèce. Pour eux, il n'était qu'une chose sans odeur. Ce qui voulait dire qu'il devait porter du parfum quand il était en public de peur qu'ils ne s'interrogent trop longtemps à son sujet.

Tenant un verre de whisky entre les mains – comme s'il allait s'abaisser à boire un cocktail chic aux couleurs vives – il s'amusa à se promener et à identifier les différentes espèces. Il y en avait beaucoup.

Les loups se tenaient à la table la plus tapageuse. Une bande de chahuteurs qui, si on ne les arrêtait pas, se mettraient probablement à hurler et chanter. Évidemment, un bon nombre de lions étaient présents. Ce qui n'était pas surprenant étant donné que la station appartenait à l'un des leurs.

Quelques tigres, même un couple de renards qui se tenaient à l'écart, se retrouvaient au milieu de tout ce mélange. Et puis, il y avait les humains. Beaucoup, beaucoup d'humains, la plupart étant des employés, mais plus d'un invité n'avaient pas non plus l'odeur d'un métamorphe. Cela l'étonna. Il s'était attendu à ce qu'une station seulement gérée par des lions n'accueille que les siens.

Mais le clan n'était pas devenu extrêmement riche en ne proposant ses services qu'à des lions. Ils savaient comment faire du profit.

Néanmoins, il se demandait combien de fois ils avaient dû nettoyer le désordre causé par un métamorphe ivre qui laissait accidentellement sortir sa bête. Le complexe hôtelier disposait-il d'une équipe spéciale pour se débarrasser des témoins humains ?

Gaston avait mis un protocole en place pour ce genre de situation. JF serait plus qu'heureux de donner un coup de main au complexe hôtelier s'ils en avaient besoin. Se débarrasser des corps était l'une de ses spécialités – après qu'il eut pris une bouchée, bien sûr.

Même si cela faisait un moment qu'il n'avait pas eu à faire quelque chose comme ça. Une fois qu'ils avaient emménagé aux États-Unis, Gaston était devenu très strict concernant leur régime alimentaire, décidant ce qu'ils avaient le droit de manger et surtout qui. De nos jours, avec les smartphones qui filmaient tout le monde n'importe où, le patron avait peur que les whampyrs ne se fassent prendre.

C'était une inquiétude justifiée, mais qui ne consolait pas beaucoup quand un ventre vide grondait à cause de la faim. Et il n'avait pas eu le temps de manger avant de partir.

Je vais devoir aller chasser plus tard. Voir ce qu'il pouvait trouver dans la jungle.

Il but rapidement le liquide ambré dans son verre, entendant au loin le rire de Stacey, semblable au tintement de clochettes argentées. Il se demanda si sa gaieté était feinte pour ceux qui l'observaient ou s'il s'agissait de la vraie

Stacey ? Une princesse fêtarde. Une femme sans inhibitions ni morale.

Non pas qu'il en ait quelque chose à faire. Elle n'était pas son genre et il ne cherchait pas à démarrer une relation avec quelqu'un.

Malgré la douceur de la soirée et l'alcool plutôt correct, JF ne supportait pas d'être entouré par tout ce bruit et ces réjouissances. Pas quand la faim lui nouait le ventre.

Il faut que je mange. Pas touche aux clients. Il allait devoir trouver son sang ailleurs.

Dès qu'il mit un pied sur la plage, ses chaussures s'enfoncèrent dans le sable. Celles-ci n'étaient pas vraiment appropriées pour une promenade.

— Tu sais, la plupart des gens enlèvent d'abord leurs chaussures avant d'aller se balader.

La voix venait de derrière lui. Et celle-ci était familière. Il se retourna pour tomber nez à nez avec Jan, assez élégante dans son paréo avec ses cheveux détachés qui retombaient sur ses épaules et retenus d'un côté par une fleur.

Élégante, et pourtant, contrairement à Stacey, elle ne suscitait pas cette avidité érotique en lui.

— Je ne me mets jamais pieds nus.

Il avait grandi dans un endroit où l'hiver régnait, six mois par an.

— Tu devrais essayer, le taquina Jan.

Son ton et son sourire le firent froncer les sourcils. Seul un idiot totalement inconscient ne percevrait pas son jeu de séduction. Si seulement il n'y était pas immunisé. Peut-être devait-il laisser une chance à Jan ? Après tout, elle travaillait ici et pourrait peut-être lui fournir un indice. Et en plus, il avait faim. Contrairement à certains de ses semblables, il savait ne prendre qu'une gorgée vivifiante.

— Laisse-moi t'aider.

Elle s'agenouilla devant lui, une auréole blonde qui pouvait facilement être à la bonne hauteur afin de satisfaire au moins l'un de ses besoins.

Jan défit ses chaussures et les fit glisser de ses pieds, tirant ensuite sur ses chaussettes. Ce ne fut que lorsqu'il se retrouva pieds nus qu'elle leva les yeux vers lui.

— C'est mieux non ?

Honnêtement ?

— Le sable est plus chaud que ce à quoi je m'attendais.

— Il est resté au soleil toute la journée.

Bizarrement, Jan resta à genoux devant lui, son visage presque à la bonne hauteur. Ses yeux brillaient avec intérêt.

Ce serait si facile de...

— Ah, mon frère, tu es là.

Il entendit la voix de Stacey quelques secondes avant de sentir son odeur.

Un pli d'agacement marqua le front de Jan.

— Tu as déjà fini de faire la fête ? demanda-t-il par-dessus son épaule.

— Je suis fatiguée. Tous ces transports, dit Stacey en couvrant de la main un bâillement exagéré. Raccompagne-moi à ma chambre.

Ce n'était pas une question, mais un ordre.

— Je ne crois pas que ton frère soit prêt à rentrer. Je peux demander à quelqu'un de te raccompagner en voiturette, proposa Jan.

— Non merci. Je ne fais confiance qu'à François pour protéger ma vertu. Il est si grand et fort, feignit-elle d'un air mielleux et faux, si faux que même Jan n'y croirait pas. On y va, cher frère ?

Avant même qu'il n'ait le temps de répondre, elle enroula son bras autour du sien et l'éloigna de Jan.

Après avoir franchi quelques mètres, assez loin pour

qu'on ne puisse plus les entendre, surtout au milieu du bruit des vagues, il siffla :

— À quoi tu joues ? J'avais l'intention de pomper des informations à Jan.

— Moi je sais comment elle aurait aimé te pomper, et crois-moi qu'aucun son ne serait sorti de sa bouche à part un : « slurp ».

— Et alors ? C'est pas tes affaires.

— Je ne fais pas confiance à cette fille.

Au moins, ses intuitions étaient bonnes, car lui non plus ne lui faisait pas confiance.

— Qui a parlé de confiance ? Elle connaît peut-être des choses, des choses que j'aurais pu découvrir si je n'avais pas été interrompu.

— Ou alors tu te serais laissé embarquer dans un truc.

— Je ne suis pas complètement idiot.

— Tu es sûr ? Car il a été prouvé que quand les hommes pensent avec leur bite à la place de leur cerveau, c'est là que les conneries arrivent.

— Premièrement, elle n'est pas petite et deuxièmement, je suis un grand garçon, ce qui veut dire que si j'ai envie de baiser quelqu'un, je le ferai et je n'ai pas besoin de ta permission pour ça.

Et pourtant, pourquoi quand il évoquait le fait de baiser une autre femme que Stacey culpabilisait-il ? Comme s'il avait fait quelque chose de mal.

Étrangement, en entendant sa réponse, elle enfonça ses ongles dans son bras.

— Nous sommes ici en mission. Pas pour coucher avec le personnel.

— Ne me dis pas que tu es jalouse ?

Certainement pas, et pourtant, comment expliquer sa réaction face au jeu de séduction de Jan ?

— Jalouse ? Ah ! se moqua-t-elle. Tu aimerais bien. J'essayais juste de t'empêcher de commettre quelque chose que tu aurais probablement regretté. Un merci suffira.

— Je sais toujours ce que je fais, donc je ne regrette jamais rien.

À part s'être mis en couple avec la mauvaise femme, il y a longtemps. Une femme qui avait littéralement essayé de lui arracher le cœur. Mais au moins, il avait eu droit à une seconde chance.

— Nous avons tous des regrets, mon joli. Des choses que nous aurions aimé avoir faites. Que nous aurions fait différemment.

— Cela ne sert à rien de ressasser le passé.

Ce qui était ironique, étant donné que son passé était la raison pour laquelle il ne voulait plus se mettre en couple.

— Je ne peux pas dire que je ne suis pas d'accord pour vivre au jour le jour.

Elle dansa devant lui, un petit lutin roux avec un grand sourire, tenant ses chaussures d'une main, comme il le faisait avec les siennes. Lui, pieds nus dans le sable, sur une plage avec une femme. Il ne manquait plus qu'une bouteille de vin et une couverture. Car baiser dans le sable n'était jamais agréable pour les parties intimes de qui que ce soit.

— Étant donné que ta devise est de vivre l'instant présent, je suis surpris que tu aies quitté la fête si tôt.

Il s'était demandé si elle allait sortir avec quelqu'un.

Je l'aurais tué.

Pour quelle raison ?

Avait-il vraiment besoin d'en donner une ?

— Je suis restée assez longtemps pour que l'on me remarque. Si notre type était présent, il m'a probablement vue.

— Et il t'a aussi vu partir avec moi.

— N'aie crainte, j'ai dit à tous ceux que j'ai croisés que je devais sauver mon frère des griffes d'une salope qui voulait lui mettre le grappin dessus.

— Tu réalises quand même que ce genre de commentaire risque de revenir aux oreilles de Jan ?

— J'espère bien oui. Peut-être qu'elle comprendra le message et gardera ses distances avec toi.

— Sinon quoi ?

Des yeux verts et vifs rencontrèrent les siens.

— Je refuse de répondre à cette question puisqu'après tu risques de témoigner contre moi.

— Tu ne peux pas tuer un membre du personnel.

— Qui a parlé de tuer ? Je préfère mutiler. Comme ça, ça laisse une marque.

Il soupira.

— J'espère vraiment que tu plaisantes.

Même si une partie de lui, la partie obscure, se délectait de ce côté violent et assumé chez Stacey. Une demoiselle au caractère féroce. Un trophée séduisant.

— J'imagine que tu le sauras bientôt.

—Est-ce que ça veut dire qu'il vaut mieux que je la bâillonne quand elle viendra me rejoindre plus tard pour baiser ?

Il n'aurait pas pu dire pourquoi il la taquinait de la sorte. À quoi cela servait-il ?

Elle plaça ses mains sur ses hanches puis le regarda soudain d'un air dangereux et il ressentit une vague de désir si forte qu'il faillit la plaquer au sol pour l'embrasser.

— Ne joue pas avec moi, mon joli.

— Sinon quoi ?

Et puis, parce qu'il pouvait aussi être un connard, il dit :

— C'est quoi ce truc qui s'agite sur la plage derrière toi ?

— Quoi ? Où ça ? couina-t-elle en tournant la tête.

Sauf que son plan se retourna contre lui quand elle hurla :

— Je crois que c'est une autre araignée ! Elle veut me sauter dessus !

Stacey se jeta dans ses bras, le faisant trébucher en le prenant par surprise. Elle enroula ses membres autour de lui, coinçant ses chevilles dans son dos, ses bras enlaçant son torse.

— Il n'y a pas d'araignée, avoua-t-il alors que sa main libre saisissait son cul et qu'il se remettait en route.

— Tu dis ça parce que c'est vrai ou parce que tu veux me jeter par terre et me forcer à affronter ma peur ?

Étant donné qu'ils venaient d'atteindre une partie de la station plongée dans la pénombre, là où les arbres étaient penchés de chaque côté du chemin, il fit quelque chose d'inhabituel. Il mentit pour son plaisir personnel.

— À ta place, je m'accrocherais bien. Je vois quelques toiles d'araignées.

Le petit frisson qu'il ressentit quand elle le serra un peu plus, tel un anaconda, valait bien cet inconfort qu'il éprouvait en réalisant qu'il n'était pas insensible à ses charmes.

— Tu ne m'as jamais demandé pourquoi je voulais me coucher tôt.

— Parce que tu es fatiguée.

— Bien sûr que non, imbécile. J'avais besoin d'une excuse pour sortir de là, parce que Melly m'a envoyé un texto. Elle a des infos pour nous, ce qui veut dire que ce soir on a du travail. Demain, on s'y met sérieusement. Du moins, moi je m'y mets en tout cas. Toi tu peux continuer à jeter des regards noirs à tout le monde et garder ta couverture de grand frère surprotecteur.

— Ou bien je pourrais simplement aller dans la jungle,

là où la femme qui a disparu a été vue pour la dernière fois, et traquer le coupable.

— Qu'est-ce qui te fait croire que tu vas trouver quelque chose alors que personne d'autre n'y est parvenu ?

— Parce que je suis trop fort.

— Ça, c'est à moi d'en juger, dit-elle avec un clin d'œil.

Il réajusta sa prise, enfonçant ses doigts dans la peau de ses fesses, la partie charnue, étant donné que sa robe remontait.

— Après ça, tu n'auras plus assez d'énergie pour juger quoi que ce soit et encore moins pour réfléchir.

Dès que Stacey était concernée, les remarques osées franchissaient ses lèvres et à chaque fois, il y avait quelque chose dans l'air qui s'enflammait entre eux. Quelque chose de chaud. Plein d'attente.

Elle rigola.

— Tu es vraiment unique, François.

La façon dont elle prononça son prénom, le caressant de ses lèvres et avec sa langue, lui fit ressentir des choses à un certain endroit, un endroit qu'il croyait mort depuis longtemps.

Ce fichu whiskey avait dû lui provoquer une indigestion, car il n'était quand même pas en train de tomber amoureux de cette princesse pourrie gâtée, si ? Elle n'était absolument pas faite pour lui.

Une enfant rebelle par rapport à son caractère guindé.

Une lionne qui n'était pas faite pour un whampyr.

Une femme qui faisait appel à la bête qui sommeillait en lui et à sa luxure latente.

Une tentation à laquelle il devait résister.

---

1. Game of Thrones est une série télévisée

CHAPITRE NEUF

Pourquoi est-il si déterminé à me résister ?
Elle voyait bien qu'il s'efforçait de le faire et qu'en même temps, il ne pouvait pas complètement cacher son désir pour elle. Quand il l'avait portée– sans effort – elle avait senti cette érection qu'il ne pouvait pas dissimuler, se pressant contre son entre-jambes. Elle avait vu cette étincelle dans ses yeux. Pourtant, il n'avait pas essayé une seule fois de l'embrasser ou de la plaquer au sol pour arriver à ses fins. Une fois qu'ils atteignirent la partie plus éclairée du chemin, il la reposa enfin et la prise ferme de ses mains sur ses fesses lui manqua immédiatement. Et plus étonnant encore, il la laissa s'éloigner. Il ne lui donna même pas une petite tape sur le derrière et ne siffla pas devant sa démarche insolente.

Comme c'était décevant !

Cet homme était une réelle énigme. Sûr de lui. Il manquait d'humour, ne faisait pas preuve de bon sens et n'avait pas de goût. Il aurait vraiment dû remercier Stacey de l'avoir sauvé des griffes de cette Jan qui n'arrêtait pas de minauder. Cette employée de la station le percevait clairement comme un moyen de quitter cette île pour s'envoler vers de meilleurs endroits. Croqueuse de diamants.

Stacey la détestait avec une passion habituellement réservée aux marques de luxe. Pas étonnant que lorsqu'elle avait vu Jan avec François, elle avait failli lui bondir dessus et lui arracher le visage. En tout cas, elle avait certainement émis un grognement très peu féminin car il lui avait valu le regard surpris de quelques fêtards sur la terrasse.

Heureusement que Stacey avait trouvé une excuse pour le sortir de là avant que lui et Jan ne s'éloignent dans la nuit, pour faire des choses qui lui faisaient sortir les griffes rien qu'en y pensant.

Pourquoi est-ce que ça m'importe autant ? Car cela la contrariait clairement, ce qui ne pouvait signifier qu'une seule chose.

Je suis jalouse. Un tout nouveau concept pour elle. Et pour un homme qu'elle n'aimait même pas en plus.

Comme son beau corps.

OK, sa féline intérieure n'avait pas tort. Ce type était bâti comme un tank. Coucher avec lui serait comme chevaucher une montagne, que des bosses dures et des coups de reins fermes...

Vilain chaton. Elle ne pouvait s'empêcher d'avoir des pensées coquines. Peut-être devait-elle se débarrasser de ce désir fou qu'elle éprouvait pour lui. Le séduire, satisfaire ce besoin érotique, puis ils pourraient tourner la page.

Si je n'étais pas si préoccupée par François et ce qu'il faisait, je pourrais me rapprocher de certains clients masculins pour voir s'ils savent quelque chose. Ou même me rapprocher de Maurice. Il serait assez facile à séduire. François avait raison quand il parlait de pomper des informations au personnel. Stacey pouvait s'occuper des hommes, ceux qui étaient hétéros du moins, pendant que François pourrait faire semblant de s'intéresser aux membres féminins du personnel. Les encourager à flirter et...

— Tu entends les grognements ? demanda JF qui se tenait derrière elle.

— Ça doit être un truc qui chasse dans la jungle, s'agaça-t-elle, encore une fois irritée de l'avoir autant dans la peau.

Et ça, seulement au bout d'un jour. Elle connaissait à peine cet homme et pourtant il l'agaçait plus que cette invasion de puces dont ils avaient souffert cette année-là dans le chalet au bord du lac.

Arrivant à sa chambre, elle plaqua son poignet contre la porte et celle-ci émit un clic. En l'ouvrant, elle entra, mais François la devança.

— Et les bonnes manières, chantonna-t-elle. Elles ne sont pas que pour les autres.

— Et la stupidité, ce n'est pas seulement pour les filles dans les films d'horreur qui se douchent dans des maisons hantées, gronda-t-il en retour.

Elle cligna des yeux en réalisant qu'il venait de faire une blague. Waouh.

— En quoi est-ce que le fait de me bousculer pour passer devant est une bonne chose ? demanda-t-elle en entrant et en fermant la porte.

— Je vérifiais qu'il n'y avait pas de signe d'intrusion.

— J'aurais pu le sentir toute seule.

— De la même façon que tu me sens moi ?

— Je sens très bien ton odeur. Même si bon, le parfum Old Spice[1]... tu n'es pas un peu jeune pour ça ?

— Ça me donne une odeur humaine.

— Et qu'est-ce que tu sens sans ça ?

Car elle avait entendu dire que son espèce n'avait aucune odeur, ce qui pour un félin paraissait absurde. Tout le monde avait une odeur. Une odeur unique. Lui aussi, non ? Mais son patron, Gaston, ne possédait pas d'odeur non plus. Sauf qu'il jouait avec tout ce qui était mort. C'était probablement mieux que personne ne puisse le sentir.

— Peut-être qu'un jour je te laisserai me sentir après la douche.

— Ou bien on pourrait tout simplement en prendre une ensemble. Tu sais, pour économiser l'eau.

Il ne répondit pas. Dommage. Elle en aurait bien pris une avec quelqu'un pour qu'on lui savonne le dos.

— La pièce est vide, annonça-t-il. Aucun signe de sabotage.

— Ouf, je me sens tellement plus en sécurité, dit-elle en posant la main sur le front d'un air dramatique. Mais que faisais-je avant que tu n'entres dans ma vie ?

— Moi je peux te dire ce que je faisais, je ne perdais pas mon temps à écouter une petite maligne.

— Merci.

— Pour quoi ?

— Pour me qualifier de petite maligne. Il n'y a pas tout le monde qui le reconnaît. Généralement, on pense juste que je suis belle.

Il lui jeta un regard noir.

Elle lui sourit.

— Laisse-moi une seconde pour que j'enfile quelque chose de plus confortable et on lira ensemble ce que m'a envoyé Melly.

Il répondit par un grognement, c'est pourquoi elle choisit une tenue un peu plus coquine que ce qu'elle aurait dû revêtir. Elle sortit de la salle de bains simplement vêtue d'une petite nuisette. Pas de culotte, pas de peignoir, rien que de la soie blanche bordée de dentelle.

Il portait toujours son pantalon kaki et sa chemise. Et il avait déjà enlevé ses chaussettes et ses chaussures.

Mais ce qu'il ne pouvait pas effacer, c'était l'expression sur son visage. L'avait-elle cru incapable d'exprimer autre chose qu'un air renfrogné et désapprobateur ? Comme elle s'était trompée ! Son visage resta de marbre, mais ses yeux... ses yeux s'embrasèrent, brillant d'une chaleur rouge.

— Assieds-toi sur le canapé, mon joli, pour qu'on puisse tous les deux lire ce qu'elle a envoyé.

— Ça ne me dérange pas d'attendre mon tour.

— Tu as peur de moi ? dit-elle, non sans battre des cils.

Un vrai mâle était toujours obligé de relever le défi qu'on lui lançait. Il s'assit brutalement sur le canapé et, avec un sourire carnassier, elle prit place à côté de François et se blottit contre lui, posant la tête sur une partie de son épaule et de son torse. Un emplacement dur comme la pierre et pourtant, elle trouvait cela étrangement confortable.

Elle tendit son téléphone et procéda à toute une série de contrôles – empreinte digitale, code, un autre scan, un autre code.

Il soupira.

— Tout ce subterfuge est-il vraiment nécessaire ?

— Melly prend la sécurité du clan très au sérieux. Voyons ce qu'elle a à nous dire.

La première chose qui apparut dans le rapport que Stacey ouvrit fut un paragraphe bref. *Trouvé des trucs sur la femme disparue. Apparemment, ça dure depuis plus longtemps qu'on ne le pense. Au moins plusieurs années. Les autres complexes hôteliers n'en ont juste jamais parlé. Et ce n'est pas seulement les femmes qui disparaissent, parfois ce sont aussi des hommes.*

Un prédateur bisexuel ? Fascinant.

Le message continuait encore. *J'ai analysé la vidéo plus*

en profondeur à l'aide de quelques filtres et autres. Je n'ai pas pu obtenir l'identité du type ni identifier s'il portait un masque ou si c'était sa vraie tête. Mais j'ai remarqué plusieurs trucs.

Fidèle à elle-même, Melly ne pouvait pas simplement tout expliquer à Stacey dans son message ; elle devait lui montrer.

Un énorme triangle était visible sur la vidéo et c'était en cliquant dessus qu'on lançait le clip. L'image était plus nette qu'avant, mais ce n'était pas la seule modification qui avait été effectuée. Quand le Liotaure entrait dans le champ, la vidéo ralentissait et zoomait sur son poignet. François pointa l'écran du doigt.

— C'est ça la fameuse vidéo qui a fait que tu te retrouves ici ?

— Oui.

— Tu réalises quand même que c'est probablement juste un type qui fait une farce ?

— Alors dans ce cas, il sera facile de l'attraper et de s'occuper de son cas, dit-elle en désignant le bras du Liotaure. Il porte un bracelet.

— Les trois quarts des gens sur cette l'île portent un bracelet car ils sont soit clients soit employés. Il est impossible de déterminer à quel complexe hôtelier il appartient.

Pas faux, mais elle considérait toujours ça comme un indice. La vidéo continua d'être lue, toujours au ralenti, zoomant à nouveau juste avant que le Liotaure et son trophée ne disparaissent de l'écran. Le cercle autour de son épaule et le zoom sur cette zone révélait une tache noire.

— Il a un tatouage, remarqua-t-elle à voix haute.

— Comme de nombreuses personnes, une fois de plus.

— Tu as des tatouages, toi ?

Elle se posait la question étant donné qu'il se couvrait

de la tête aux pieds. Même ses manches étaient longues. Il avait choisi de garder ses vêtements au lieu d'enfiler ceux qu'elle lui avait achetés. Dommage. Elle lui avait dégotté de jolis maillots de bain.

— Les marques sur mon corps ne regardent que moi, ce ne sont pas tes affaires.

— Donc en d'autres mots, oui ?

Elle se redressa, toujours à genoux.

— Montre-moi.

— Non.

— Pourquoi ?

— Parce que je ne suis pas une bête de foire que tu peux observer.

— Il va bien falloir que tu te déshabilles à un moment donné.

— Si je le fais, ce sera dans ma chambre avec la porte fermée à clé.

— Est-ce que tu me lances un défi, mon joli ?

— Est-ce qu'on peut se reconcentrer sur le reste du rapport ?

— Poule mouillée, murmura-t-elle.

Elle se rassit contre lui et fronça les sourcils en lisant la suite du texte.

— Il existe une très vieille légende que les habitants de l'île se transmettent verbalement de génération en génération. Et celle-ci parle d'un peuple à tête de lion qui vit dans la montagne.

— Des métamorphes ? demanda-t-il. Peut-être qu'il y en avait sur l'île, mais qu'ils ont fini par disparaître.

— Mais ils évoquent une « tête de lion ». Les métamorphes ne peuvent pas se transformer partiellement.

Il n'était pas d'accord avec elle.

— Ce n'est pas entièrement vrai. Même si c'est rare,

certains métamorphes peuvent se transformer à moitié en gardant leur forme humaine mais une partie de leur corps devient celle d'un animal.

— C'est très rare. Je veux dire la seule chose que je peux faire sans être recouverte de fourrure, c'est sortir mes griffes. Mais de là à ne transformer que sa tête, une vraie tête de lion et rien d'autre...

C'était à son tour de jouer l'avocat du diable.

— Le scénario le plus plausible serait une tribu qui chassait les lions et utilisait leurs têtes comme coiffe.

— En portant la tête de leur proie comme un chapeau ?

— Plutôt comme un masque, et ça a déjà été fait. Jadis les Égyptiens revêtaient des têtes d'animaux pour se faire passer pour des dieux. Mais revenons-en au rapport de Melly. Apparemment, dans l'ancien temps, ces lions étaient considérés comme des dieux et recevaient donc des offrandes telles que du poisson pêché dans la mer, des fruits et des légumes et une fois par an on leur offrait une vierge.

Elle leva les yeux vers Jean-François.

— Tu crois que quelqu'un essaie de faire revivre ces légendes ?

— On dirait plutôt que quelqu'un utilise les vieilles superstitions pour prendre son pied. C'est un canular. Un type a manifestement cru qu'il serait amusant de recréer ces soi-disant anciens dieux et s'en sert pour s'envoyer en l'air.

— Sauf que les gens ne lui offrent pas de femmes. C'est lui qui les enlève.

— Est-ce qu'il les kidnappe vraiment ? La femme sur la vidéo ne semble pas beaucoup se débattre.

— Elle paraît effrayée.

— Effrayée et excitée. Comme si elle s'attendait à ce qu'il se passe quelque chose. La peur a peut-être été engendrée après qu'on lui ait demandé de courir dans les bois pendant que quelque chose la pourchassait. Et quand il l'a fait, la peur a été remplacée par l'anticipation.

— Tu crois vraiment que c'est un canular ? Dans ce cas-là, pourquoi Shania n'a-t-elle contacté personne ?

— Depuis combien de jours a-t-elle disparu ? Trois, quatre ?

— Trois à partir de ce soir.

— Ce n'est pas trop farfelu de supposer qu'elle était encore impliquée dans une orgie.

— Une orgie de trois jours ? dit-elle en pinçant les lèvres. Qui diable peut être aussi bon au lit ?

— Je l'ai déjà fait trois jours de suite.

Sa réponse la surprit au point de pratiquement tomber par terre alors qu'elle tendait le cou pour voir son visage.

Aucun sourire. Pas un seul petit rire qui aurait pu lui indiquer qu'il la taquinait. Seulement encore ce feu qui couvait en lui.

— Disons, commença-t-elle en essayant de ne pas penser à l'endurance qu'un homme devait avoir pour parvenir à satisfaire une femme au lit pendant trois jours d'affilé, disons que tu aies raison. Qu'elle soit partie de son plein gré. Où sont-ils allés ? Ils portent tous les deux un bracelet d'hôtel. S'ils avaient logé dans cet hôtel, quelqu'un les aurait forcément vus ou aurait enregistré leur présence. D'après Melly, les bracelets permettent de localiser les clients quand ils les utilisent sur la propriété. Mais nous n'avons eu aucun signal. Donc s'il l'a cachée quelque part sur la propriété, il a dû lui enlever son bracelet et a réussi à garder sa présence secrète tout en lui apportant de la nourriture en cachette. Ou alors il était client d'un autre hôtel et il l'a emmenée hors de la propriété dans une autre station ?

— Ou ils se sont installés quelque part en ville. Ou alors il l'a cachée à bord d'un yacht. Peut-être même qu'ils sont partis camper dans la nature. Pour l'instant, nous n'avons que des suppositions et non des faits.

— Eh bien moi, au moins, je fais du brainstorming au lieu de tirer des conclusions négatives sur tout ce que je dis.

— Ça s'appelle être la voix de la raison.

— Je suis une lionne, nous ne sommes pas toujours raisonnables.

— Je sais. C'est pourquoi vous êtes de très mauvais animaux de compagnie.

Elle le regarda, bouche bée.

— Je rêve ou tu viens sérieusement de comparer mon espèce à celle d'un animal domestique félin ?

— Tu es un chat. Les chats ont des maîtres. C'est pas difficile à comprendre.

En une seconde, elle le chevaucha.

— Retire ce que tu viens de dire. Je suis plus qu'une simple minette.

— Tu es une femelle irrationnelle qui fonce tout le temps tête baissée pour assouvir une curiosité qui ne laisse pas la place à la réflexion ou la considération.

— J'ai comme l'impression que c'est une manière détournée de dire que je suis imprudente.

— Exactement.

Elle sourit.

— Merci. Et comme on ne peut pas me tenir responsable des risques que je prends...

Elle pressa sa bouche contre la sienne. Scella ses lèvres dans un baiser et elle fut heureuse de le sentir retenir son souffle.

Aspirer son souffle à elle.

Il ne la repoussa pas non plus.

Ni ne protesta.

Alors elle continua de l'embrasser. Glissant sa bouche

sur la sienne, goûtant la ligne ferme de ses lèvres, cette texture froide et mystérieuse qui avait la saveur du whiskey et rien d'autre.

Comme c'était étrange.

Déterminée à trouver son vrai goût, elle sépara ses lèvres avec sa langue, s'enfonçant dans sa bouche, la faisant glisser contre la sienne. Encore du whiskey et un soupçon de quelque chose de chaud et froid, mais toujours pas de vraie saveur.

Il saisit ses fesses, ses doigts s'y enfonçant et il la mit en mouvement, la frottant contre lui, la preuve saillante de son érection se pressant contre elle, même avec son pantalon qui faisait barrière.

Il ne cachait plus son désir. Il la voulait. Et elle le voulait, ce qui voulait dire qu'elle ne comptait pas s'arrêter.

Ses mains s'agrippèrent à ses épaules puissantes, sentant sa chair ferme. Leurs langues dansèrent ensemble, suçant et glissant, pendant qu'il tâtait ses fesses, la frottant contre lui.

La frénésie en elle ne cessa de croître face à cette friction entre leurs deux corps. Les lèvres de François arrêtèrent leur baiser et descendirent le long de sa mâchoire jusqu'à son cou. Il lécha et suça sa peau, la faisant gémir. Un frisson lui crispa le sexe alors que son excitation montait en flèche.

François descendit plus bas, traçant un sillon jusqu'au décolleté plongeant de sa nuisette. Du bout des lèvres, il repoussa le tissu, dévoilant son téton rosé. Il le suça, l'aspirant dans sa bouche, taquinant le bout dur avec ses lèvres et ses dents.

— Oui, siffla-t-elle. Suce-le.

Et il le fit. Il suça son mamelon avec force, le tirant jusqu'à ce qu'il pointe avant de passer à l'autre. Il lui donna toute son attention, léchant et suçant sa chair, pendant qu'elle se tortillait sur ses genoux.

La chaleur en elle se mit à bouillonner, le désir en fusion se répandant dans ses veines. Ses sens en alerte ne faisant qu'accentuer chaque caresse et gémissement.

Ses lèvres quittèrent sa poitrine pour s'emparer à nouveau de sa bouche, une étreinte chaude et ardente qui l'incita à enfoncer ses doigts dans ses cheveux, les tirant.

Elle rebondit sur ses genoux, excitée. Proche de l'extase. N'ayant plus besoin que d'une légère impulsion pour y accéder. Une fois de plus, sa bouche se promena, le long de sa mâchoire jusqu'au lobe de son oreille. Il caressa celle-ci du bout de la langue et elle soupira.

— Encore, gémit-elle.

Ses lèvres descendirent à nouveau et s'arrêtèrent au niveau de son pouls rapide. Il mordilla son cou, assez fort pour qu'elle émette un son.

— Oui, mords-moi. Mords-moi fort.

Marque-moi. Prends-moi.

Au lieu de ça, il la jeta sur le canapé et s'enfuit en un clin d'œil. Il franchit la porte qui séparait leur chambre et la referma derrière lui. Bizarre.

Était-il parti en courant pour aller chercher un préservatif ?

Clic.

Cela ne voulait probablement rien dire. Peut-être qu'il avait besoin de faire pipi et qu'il ne voulait pas qu'elle entre.

Elle attendit.

Encore et encore.

Mais il ne revint pas.

Merde. Jamais aucun homme ne l'avait fuie de la sorte. Et maintenant ? Son sexe palpitait. Son corps entier était douloureux à cause de cette passion sans limites.

Est-ce que je devrais aller le chercher ?

Et le supplier de faire quelque chose pour ce feu qu'il avait allumé en elle ?

Moi, supplier un homme ? Certainement pas.

Il n'y avait qu'une chose à faire quand son corps lui hurlait de le soulager et qu'elle était trop fière pour laisser ses doigts faire le travail.

La nuit était claire. La brise était chaude. Il y avait plein de bonnes odeurs agréables.

Elle se déshabilla avant de sortir sur le balcon.

---

1. Marque américaine de produits de soin pour homme

CHAPITRE DIX

Dès l'instant où JF entra dans sa chambre, échappant à la tentation, il ferma la porte à clé. Puis la fixa du regard, réalisant que seul un portail fragile les séparait.

De la femme qui, il y avait seulement quelques secondes, lui avait fait perdre le contrôle.

Même encore maintenant, il se souvenait de la sensation qu'il avait éprouvée en la tenant dans ses bras, du goût de sa bouche. La façon dont elle fondait face à ses caresses en en redemandant.

Pourquoi est-ce que je ne lui donne pas ce qu'elle veut ?

Parce qu'il avait presque perdu le contrôle.

Il passa la main dans ses cheveux et tourna le dos à la porte. Il fit les cent pas dans la chambre, chaque centimètre de sa peau pulsant, le sang bouillonnant dans ses veines, chaud comme de la fonte, réchauffant sa peau habituellement froide. Ses dents avaient poussé hors de ses gencives, longues et tranchantes, tellement tranchantes qu'elles lui avaient entaillé la peau. Juste une toute petite coupure, assez pour qu'il savoure une goutte de sang.

Une. Toute petite. Goutte.

Un simple aperçu. Il avait failli perdre la tête.

Il avait presque enfoncé ses dents en elle, prêt à la sucer, l'engloutir et la boire jusqu'à ce que sa faim vorace s'apaise. Si elle n'avait pas émis un son, il l'aurait peut-être fait, il aurait peut-être perdu le contrôle et ensuite, que se serait-il passé ?

Un pur moment d'extase putain.

Heureusement, il s'était ressaisi avant de faire quelque chose de regrettable et de s'enfuir.

Comme un lâche, lui siffla son esprit sournois.

Non, comme un homme qui avait envie de vivre un jour de plus. Si JF perdait le contrôle et lui arrachait la gorge, autant qu'il se tranche la sienne. Entre Gaston, son maître et Arik, le roi lion, sa vie ne vaudrait pas un clou.

Qui dit que tu l'aurais tuée ? Il était possible de boire le sang sans faire de dégâts. Un corps avec une paire de piqûres d'épingle qui servaient de paille. Mais les règles étaient claires. On ne mangeait pas les métamorphes, pas sans en avoir eu la permission.

Puis, il y avait sa règle à lui. Ne sors pas avec des métamorphes. Jamais.

La dernière fois qu'il l'avait fait, ça ne s'était pas très bien terminé pour lui.

Combien de temps vais-je me servir de cette seule expérience comme excuse ?

Oui, Sasha s'était avérée ne pas être celle qu'elle disait être. Ou ce qu'elle affirmait être. À l'époque, n'étant encore qu'un simple humain, JF n'avait pas compris qu'il existait d'autres choses, des choses cachées, dans le monde. Il était tombé amoureux de la fille aux cheveux dorés. Une femme qui, comme Stacey, avait enflammé sa passion. Mais ce à quoi il ne s'était pas attendu, c'était que derrière ses airs pétillants se cache un monstre. Une lionne, mais une lionne qui aimait tuer pour le plaisir. Une séductrice qui attirait les hommes, des hommes humains, à la rencontrer, tomber amoureux d'elle pour que, lorsqu'elle se transformait enfin en féline et frappait, ils ne puissent pas se défendre.

Aucune protection contre des griffes tranchantes.

Aucun bouclier contre ses dents.

Il aurait dû mourir ce soir-là. Il serait mort si Gaston ne l'avait pas trouvé, guidé jusqu'au corps ensanglanté de JF par le fantôme d'une autre victime.

Comme JF se souvenait encore très bien de la sensation et du goût du sang qui jaillissait de ses lèvres, de ce froid qui s'emparait de ses os. De cet engourdissement. Pourtant, en ayant le corps coupé en deux il aurait dû ressentir quelque chose, non ?

Les yeux de Gaston avaient rencontré les siens, sérieux et à la fois plein de compassion. Il ne lui avait posé qu'une seule question :

— As-tu envie de vivre, quel qu'en soit le prix, pour te venger et venger ceux qui ont connu le même sort ?

Oui. Il n'avait jamais su s'il avait simplement pensé le mot ou s'il avait franchi ses lèvres entre les bulles.

Peu importe. Quand il s'était ensuite réveillé, il était un nouvel être.

Différent. Plus fort.

Inhumain.

Il était un whampyr et il s'était vengé.

Mais la vengeance n'avait jamais guéri son aversion pour les métamorphes. Cela ne l'avait jamais aidé à surmonter la trahison de quelqu'un pour qui il croyait compter.

Après plusieurs années de recul, JF comprenait désormais que Sasha s'était jouée de lui tout le long, mais ce n'était qu'une maigre consolation et cela n'avait pas aidé ses problèmes de confiance avec le sexe opposé.

On ne pouvait pas leur faire confiance.

Jamais.

Même si elles avaient bon goût. Surtout si elles avaient bon goût. Se souviendrait-il qu'il s'agissait de Stacey dans les affres de la passion ou bien revivrait-il ce cauchemar plus sombre, celui où il se réveillait avec du sang sur les lèvres et le corps de celle qui l'avait trahi, morte dans ses bras ?

Il avait peur de le découvrir. C'était pour cela, plus que parce qu'il avait du mal à faire confiance, qu'il avait fui Stacey. Pour cela qu'il avait fermé la porte. Et pour cela il avait ignoré ce désir palpitant dans son corps.

Se déshabillant sans prendre la peine de défaire ses boutons ou de plier ses vêtements, il laissa tomber ses habits sur le sol et se précipita vers la salle de bains. Il glissa son corps fiévreux sous la douche et ouvrit l'eau. Froide uniquement, pourtant le jet tiède qui jaillit ne fit rien pour rafraîchir sa peau. Rien ne pouvait apaiser cette ardeur frémissante.

Elle avait un goût tellement parfait. Il se sentait si bien avec elle.

La partie plus primitive en lui se demandait pourquoi il ne retournait pas là-bas pour la revendiquer. Ce n'était que du sexe. Elle le lui avait proposé. Il en avait envie. Où était le mal ? Même s'il ne pouvait pas la boire comme il le voulait, il pouvait toujours s'enfoncer dans ses profondeurs veloutées. Plonger sa bite si profondément qu'il la marquerait de l'intérieur.

De la putain de folie.

On ne baisait pas ceux qu'on était censé protéger et surveiller.

Il ne devait pas oublier qu'elle était une métamorphe.

Depuis sa renaissance, on lui avait appris qu'ils étaient une sous-espèce.

Alors pourquoi ne pourrait-elle pas être sous moi au lit ?

Parce que.

Juste parce que, putain.

S'il éprouvait un besoin fort, alors sa main pouvait s'en charger. Une fois cette idée en tête, il ferma les yeux contre le jet et saisit sa bite palpitante dans son poing. Il enroula fermement ses doigts autour et commença à se caresser. Il connaissait son corps, savait quelle pression exercer sur cette longueur d'acier recouverte de velours qu'était son sexe.

Il savait à quelle vitesse se balancer d'avant en arrière.

Ce qu'il ne savait pas, c'était pourquoi il pensait à elle, cette femme fatale vicieuse aux cheveux fougueux, les yeux mi-clos, les lèvres entrouvertes. À quel point elle serait belle à genoux, les lèvres enroulées autour de sa bite, le suçant.

Le prenant dans sa bouche et lui procurant du plaisir.

Se laisserait-il jouir sur ses lèvres ou bien la retournerait-il pour qu'elle lui présente son cul délicieux ? Un cul qui était fait pour qu'on l'attrape et la baise par derrière, s'enfonçant profondément entre ses plis de velours, poussant et martelant et...

Avec un grognement, le sperme jaillit de sa bite et il ouvrit les yeux, apercevant le carrelage froid et vide et non sa douce expression.

Pire encore, même s'il avait tiré son coup, sa bite resta partiellement en érection. Il la désirait encore.

Merde.

Il sortit de la cabine large et carrelée et resta nu, l'humidité perlant sur sa peau, les marques sur son corps étaient à peine visibles, des lignes argentées gravées sur chaque partie de sa peau de son cou jusqu'à la plante de ses pieds. Même son cuir chevelu en était recouvert. Seul son visage restait intact – afin de mieux se fondre dans la masse des humains sans se faire remarquer.

La climatisation fonctionnait à plein régime, poussant l'air froid dans la pièce, assez pour que, une fois devant, il puisse sentir sa température corporelle baisser.

On inspire. On ferme les yeux. On vide son esprit. Le calme s'installa en lui.

Jusqu'à ce qu'il entende un rugissement de lion, fort et furieux.

Puis un glapissement.

Ça ne peut pas être elle, quand même.

Il tourna la tête vers le mur qui séparait leurs chambres.

Ne me dites pas qu'elle est aussi stupide.

Eh bien si.

Il ne prit même pas la peine de s'habiller, il enfila juste un caleçon avant d'ouvrir la porte entre leurs chambres et il lui suffit d'un regard pour comprendre qu'elle était sortie. La robe sur le sol et la baie vitrée ouverte le lui confirmèrent. Il courut jusqu'à la porte et sortit sur le balcon. Un balcon vide qui sentait le félin tout frais.

Je vais l'écorcher vive et m'en faire des moufles ! Une fois qu'il l'aurait retrouvée.

Ce côté-là du bâtiment avait plus d'intimité que les autres, car il était situé à la lisière de la jungle. La même jungle qui appartenait à l'espace protégé qui faisait le tour du volcan. De grands arbres jaillissaient de la forêt épaisse, ils étaient trop loin pour qu'on puisse les toucher depuis le balcon, mais pas assez loin pour que quelqu'un d'agile ne puisse plonger vers eux. Quelqu'un comme un lion par exemple.

Au fond, il était tenté de retourner dans la chambre et d'ignorer le pétrin dans lequel elle s'était probablement fourrée. Étant donné sa capacité à attirer les ennuis comme un aimant, qui savait sur quoi elle était encore tombée ? Probablement une autre araignée. Avec ses airs de princesse, elle s'était probablement simplement cassé un ongle.

Ou alors elle était tombée sur quelque chose de grave. Il ne s'agissait pas d'un parc appartenant à la ville. C'était la vraie nature sauvage avec toutes sortes de périls. Même pour une lionne.

Bon sang. Il faut tenir cette femme en laisse. Il s'élança dans les airs, se métamorphosant rapidement, ses ailes se détachèrent soudain de son dos, allégeant la partie encombrante de son corps et lui permettant de planer haut.

La transformation était désormais facile pour lui, mais cela n'avait pas toujours été le cas.

Il se souvenait encore de la première fois où il s'était transformé, du choc qu'il avait ressenti en voyant ces trucs monstrueusement grands qui jaillissaient de son corps.

— D'où sortent-elles ? avait-il crié à l'époque.

— Elles font partie de toi, désormais, lui avait répondu un côté de lui qui se cachait à l'intérieur.

Et comment avait-il appris à voler ? Debout sur ce toit-terrasse, le vent fouettant sa nouvelle silhouette, face à la falaise abrupte qu'ils observaient et qui lui donnait le vertige, Gaston avait fait un signe de la main à l'un de ses serviteurs fantômes qui avait poussé JF par-dessus bord.

Quand un homme tombe, plongeant vers une mort certaine, il apprend très vite à battre des ailes.

Mais même là, il avait été maladroit, manquant de coordination. Il avait failli s'écraser par terre. Presque, si bien que lorsqu'il s'était relevé, il avait remonté les escaliers qui menaient au toit en courant et était revenu avec une mine renfrognée en aboyant :

— Mais c'est quoi ton putain de problème ?

Gaston avait eu un grand sourire, assez fier de lui.

— Tous les oisillons ont besoin d'être poussés hors du nid, s'était-il excusé.

Mais JF lui avait pardonné et l'avait ensuite maudit quand il avait cherché à comprendre comment rentrer ses ailes dans son dos pour revenir à la normale. Il essayait de ne pas imaginer à quoi devait ressembler l'intérieur de son corps avec ses ailes écrasées là-dedans, la science et la magie qu'il y avait derrière dépassaient ce qu'il avait envie de découvrir. Cependant, il aimait savoir que lorsqu'il en avait besoin, il pouvait voler. C'était l'un des seuls avantages d'être un whampyr et ça compensait un peu le fait qu'il soit devenu un monstre et ait besoin de sang pour survivre. Mais boire du sang était toujours mieux que mourir.

La nuit était tombée et bien que la lune soit grosse dans le ciel ce soir-là, une couche de nuages brumeux l'empêchait d'éclairer la terre en dessous, ce qui lui allait très bien. Il n'avait pas envie que quelqu'un le voie ou s'étonne de sa forme sombre qui planait le long des brises tropicales.

De loin, il pouvait passer pour une chauve-souris, mais en le regardant de plus près, sa taille et sa forme humaine révéleraient très vite qu'il était bien plus que cela.

Même s'il n'appréciait pas forcément son apparence – effectivement il ressemblait à une putain de gargouille – il ne pouvait pas nier sa sensibilité accrue à son environnement. Sa vue était bien plus perçante. Sa force et son agilité étaient plus précises. Quant à son ouïe, le terme « entendre une mouche péter » lui paraissait totalement approprié. Ses oreilles, pointues et touffues, dont le pavillon était plus large que sous sa forme humaine, pouvaient s'orienter jusqu'à un certain point, comme les appareils d'écoute à l'affût d'un son.

Le rugissement retentit à nouveau, plus grave cette fois-ci. Mécontent et en souffrance.

J'arrive, imbécile de féline.

Pas étonnant que Gaston l'ait envoyé faire ce voyage. Cela ne faisait même pas un jour qu'ils étaient ici et elle s'était déjà attiré des ennuis.

Elle doit avoir une aura autour d'elle qui les attire.

Sinon comment expliquer ses propres actes ?

Il se pencha, inclinant doucement ses ailes – un mouvement qui lui avait demandé des heures d'entraînement après sa renaissance – et frôla la cime des arbres, observant le sol à travers les branches. Il faillit la rater. Une pointe de doré attira son regard et il se redressa pour ralentir.

Pendant un moment, il plana au-dessus de la forêt, ses grandes ailes battant doucement, se servant des courants d'air pour rester en hauteur, essayant à nouveau d'apercevoir cette touche de doré.

— Où es-tu ? murmura-t-il.

— Miaou ! Grrr.

La plainte du félin venait d'en dessous et à sa gauche.

Une fois l'endroit localisé, il descendit jusqu'à ce que ses pieds s'agrippent à une branche épaisse. Ensuite, alors qu'il observait à travers les feuilles et les ombres pour bien la repérer, il secoua la tête et dit :

— C'est une blague putain.

Il avait retrouvé Stacey et heureusement. Car elle s'était mise dans un sacré pétrin !

Marchant le long de la branche avec un équilibre parfait, il s'élança pour se poser sur une deuxième puis une autre jusqu'à ce qu'il soit sur une branche épaisse autour de laquelle était enroulée une corde. Au bout de cette corde pendait une lionne, la tête en bas prise dans un piège.

— J'ai déjà entendu parler de l'expression donner sa langue au chat, mais que le chat se donne à l'arbre ...

Il s'accroupit et put apprécier la façon dont ses yeux ambrés le fusillaient du regard. Même s'il n'aimait pas spécialement les animaux, il admira l'apparence lisse et douce de sa fourrure et les muscles tendus de ses membres.

— Grrr, grogna-t-elle.

— Ne t'énerve pas contre moi, princesse. Ce n'est pas moi qui ai quitté la sécurité qu'offre notre chambre pour aller errer dans une étrange forêt et qui ai été assez imprudent pour me faire coincer par un simple piège de chasseur.

— Miaaou.

— Oui, c'était idiot.

Elle siffla. Et lui jeta un regard noir.

Il sourit enfin pour la première fois du voyage, même si elle ne réalisait probablement pas que c'était un sourire, étant donné que sous sa forme hybride, il dévoilait surtout un paquet de dents.

— Tu veux que je t'aide ?

Elle hocha sa tête poilue.

— Dis s'il te plaît.

Malgré sa forme féline, elle parvint à lui jeter un regard assassin.

— Je ne comprends pas pourquoi tu ne t'es pas juste transformée. Ce n'est qu'un simple nœud.

— Miiiiaou.

Elle miaula et se tortilla dans le collet. C'est là qu'il remarqua le reflet sur celui-ci, un reflet argenté. Ce n'était pas une simple corde.

— Oh, ben ça alors, c'est un piège conçu pour les métamorphes. Tu ne peux pas reprendre forme humaine, n'est-ce pas ?

Elle secoua la tête.

L'argent en lui-même était très désagréable pour les métamorphes, mais il y avait quelque chose dans le métal qui n'était pas en accord avec le mécanisme de la métamorphose. Ajoutez à cela une pointe de magie, car oui, la magie existait, et l'argent était capable de beaucoup de choses, comme d'empêcher une lionne de se transformer en femme.

— Tiens bon, princesse. Je vais te sortir de là. S'agenouillant sur la branche, il se servit de ses griffes pour tirer sur les filaments, sifflant alors que les fils d'argents, imprégnés de quelque chose, quelque chose que Gaston reconnaîtrait probablement, lui brûlaient la peau. Le fait que cela l'affecte aussi, lui un whampyr et non un métamorphe, n'était pas un élément sur lequel il souhaitait s'attarder. Il était parfaitement heureux en gardant sa vision snob du monde et de ses habitants.

La corde s'effilocha et avant qu'elle ne se casse, il l'attrapa. Il la souleva avec peu d'effort, ignorant la brûlure sur ses paumes de mains jusqu'à ce que Stacey soit sur la branche à côté de lui. La lionne n'eut aucun mal à trouver son équilibre dessus et il enleva rapidement le nœud coulant de sa patte arrière, celui-ci laissant derrière lui un cercle de fourrure brûlée. De la fourrure qui se transforma en une peau rouge et pleine de cloques sur une cheville pâle.

— Bordel de merde, ça fait mal, protesta-t-elle.

— T'aurais peut-être pas dû marcher dedans.

— Je ne m'attendais pas à ce qu'il y ait des pièges. C'est incroyablement impoli de la part de celui qui a laissé ça là.

Elle scruta la corde offensante avant de la jeter de la branche. Il ne la regarda pas glisser, trop fasciné par cette femme nue devant lui. Si incroyablement sexy que c'en était presque douloureux.

— Qu'est-ce que tu faisais ici ?

— Je me défoulais.

— Seule, dans les bois, la nuit, avec un prédateur notoire qui kidnappe des femmes ? On t'a fait tomber sur la tête quand t'étais bébé ou quoi ?

— Je retombe toujours sur mes pattes. Et puis pour ma défense, qui s'attendrait à tomber sur un piège au milieu de nulle part ? Maurice m'a dit que le volcan était un bon endroit à explorer.

— Maurice est un prédateur minable qui ne pourrait probablement pas attraper une souris.

— En parlant de souris..., dit-elle en le regardant fixement. Tu ressembles à une souris géante avec des ailes.

— Tu te fous de ma gueule ?

Il se redressa et croisa les bras.

— Je ne suis rien de tout ça.

— Tu préfères que je te traite de chauve-souris ?

— Pas vraiment non. Je suis un whampyr, ce qui n'a rien à voir avec ces deux animaux.

— Tu t'es déjà regardé dans un miroir ? Si ça ressemble à une chauve-souris, que ça vole comme une chauve-souris alors c'en est probablement une. Elle est juste plus grosse.

— J'aurais dû te laisser pendre la tête en bas.

— Est-ce une façon de dire que tu me préfères sous un autre angle ?

Elle se releva et commit l'impensable. Elle se pencha en avant, poussant ses fesses en arrière, et lui donna un aperçu de ce qui se trouvait entre ses jambes.

Lèche-le.

Non, pas de léchouille.

Mais elle le propose.

Même. On ne lèche pas.

— Je n'arrive pas à croire que je suis en train de perdre des heures de sommeil pour ça, grommela-t-il.

— Je n'arrive pas à croire que tu n'essaies pas de profiter de moi, rétorqua-t-elle en jetant un coup d'œil entre ses jambes.

— Le désespoir n'a rien d'attirant.

— Pardon ?!

Elle se releva et se tourna pour lui faire face sur la branche.

— Je ne suis pas désespérée.

— Ça, c'est ce que tu dis, mais tu n'arrêtes pas de te jeter dans mes bras.

— Pff, jamais, souffla-t-elle.

— Et justement, tu n'y parviendras jamais.

Il valait mieux qu'il mette un terme à tout cela maintenant, car il sentait à nouveau son sang bouillonner. Le fait d'être près d'elle, surtout quand elle était nue et qu'elle rougissait, lui faisait perdre le contrôle. Quelque chose qui faisait battre son cœur, habituellement si lent, plus vite.

Savait-elle à quel point ses taquineries pouvaient être dangereuses ? Personne ne lui avait-il appris qu'il ne fallait pas narguer les monstres bien plus gros qu'elle ?

— Ne jamais dire jamais, mon joli. Surtout à une lionne.

— Ce n'est pas un jeu, grogna-t-il. Tu ne sais pas à qui tu as affaire.

— Oh, regardez comme je tremble de peur devant ce grand méchant whampyr.

— Tu devrais. Je suis capable de choses que tu n'imagines même pas.

— Comme de faire des déclarations arrogantes ?

— Tu es insupportable, s'énerva-t-il.

— Mais baisable, dit-elle en souriant. Même ton caleçon ne peut pas le cacher.

Elle baissa les yeux et c'en fut trop. Il ne pouvait plus le supporter. Il ne pouvait plus la supporter.

Elle n'arrêtait pas de taquiner la bête, encore et encore. Au bout d'un moment, il allait finir par craquer. Et avant que cela n'ait lieu, il prit la fuite.

Grimpant de branche en branche, agile et rapide, jusqu'à ce qu'il émerge de la cime d'un arbre et puisse prendre son envol, se jetant parmi les courants chauds provenant de l'océan, il chercha à la fuir. Pour finalement faire demi-tour, assez haut pour qu'elle ne puisse pas le repérer, mais avec sa vue perçante, il l'observa. Il la regarda revenir sur ses pas dans la jungle, portant à nouveau sa fourrure, marchant lentement, tâtant prudemment le sol de peur qu'un autre piège ne la capture.

Ce ne fut que lorsqu'il la vit rejoindre le cadre rassurant de sa chambre qu'il s'éloigna en spirale, un cri primaire grondant dans sa poitrine, jaillissant librement.

Un cri auquel quelque chose répondit, au loin dans la jungle.

Il est temps de chasser.

CHAPITRE ONZE

Le lendemain matin, Stacey avait une décision à prendre.
Petit-déjeuner au lit ou petit-déjeuner au lit ?
Devinez lequel elle choisit.
Sauf qu'en entrant dans sa chambre – le verrou qu'il avait enclenché n'était pas de taille face à une lionne – elle trouva son lit vide. Cependant, il avait l'air d'avoir dormi dedans, ce qui voulait dire qu'à un moment donné, il était revenu dans la nuit, mais où son joli François avait-il pu s'en aller ? Le bruit de l'eau qui coule lui donna un indice.
Elle se jeta sur son lit pour l'attendre et quand la porte de la salle de bains s'ouvrit, libérant une bouffée de vapeur, elle lui sourit.
— Bonjour ! dit-elle aussi rayonnante qu'un soleil.
— Va-t'en, répondit-il tel un nuage sombre avant l'orage, prêt à pleuvoir sur sa journée.
Il tenta de retourner dans la salle de bains, mais elle sauta du lit, et suivit ses pas, ne lui laissant aucun espace pour s'échapper. Comme si elle allait le laisser partir. Il ne portait qu'une serviette, qui descendait bas sur ses hanches

bien dessinées. Le haut de son corps – et quel corps ! – était nu et humide après la douche.

Il lui donnait soif et tout le monde sait comment les chats aiment boire.

Je me demande ce qu'il ferait si je lui donnais un coup de langue. Et pas juste un coup de langue destiné à étancher sa soif.

— Tu peux arrêter de me fixer comme ça ? grommela-t-il.

Certainement pas. Quand on lui présentait un magnifique spécimen, c'était son devoir de femme coquine de le regarder.

Pendant qu'elle le reluquait, elle lui posa des questions.

— Qu'est-ce qu'elle a ta peau ?

Elle tendit la main pour la toucher et ses sens en alerte lui coupèrent le souffle. Il ne bougea pas, ce qui la surprit. Malgré la tension rigide de son corps, il laissa les doigts de la jeune femme le parcourir, effleurant les volutes et motifs aux reliefs argentés sur son corps.

— Ce sont des cicatrices ?

— Non.

— Des tatouages ?

— Techniquement, ils n'ont pas été faits par l'homme, si c'est ce que tu cherches à savoir.

— Tu veux dire que c'est naturel ?

Surprise, elle observa son visage.

— Ces symboles sont terriblement complexes pour de la génétique, remarqua-t-elle.

— Ce n'est pas plus compliqué que les rayures sur les zèbres ou les couleurs d'un paon.

— Sauf que ces animaux ne se transforment pas en quelque chose d'autre.

— Si par là tu me demandes si c'est un trait spécifique aux whampyrs, alors oui. Nous en avons tous.

— Et vous les avez sur tout le corps ?

— Principalement, sauf les mains et le cou. Certains de mon espèce ont moins de marques que d'autres. Plus tu en es recouvert, plus tu es considéré comme fort.

— En d'autres mots, plus il y a de motifs, plus on rit, dit-elle en réfléchissant à voix haute.

Elle ne put s'empêcher de marcher autour de lui, remarquant ces lignes qui tourbillonnaient et s'enroulaient sur son dos, le long de sa colonne vertébrale, pour disparaître sous sa serviette.

— J'ai cru remarquer des marques quand tu étais sous ta forme de whampyr hier soir. Mais elles étaient plus difficiles à voir. Pas argentées comme elles le sont maintenant.

— Les marques restent, peu importe notre forme. Elles deviennent juste plus sombres quand nous nous transformons.

— Est-ce qu'elles ont une signification ? demanda-t-elle, car même s'il affirmait qu'elles étaient naturelles, quelque chose en elle semblait lui parler.

Un langage à déchiffrer.

— Les symboles sur notre peau ne sont rien de plus que des symboles. Aucun whampyr ne possède les mêmes symboles. Chacun d'entre nous porte une marque distincte. Comme l'empreinte digitale d'un humain.

— Tu es né comme ça ?

Une lionne avait autant de mal à contenir sa curiosité qu'à résister à l'envie de se rouler dans l'herbe à chat. Et c'était une question légitime. Malgré les croyances humaines populaires, les métamorphes n'avaient pas été créés. Ils étaient nés comme tels. De deux parents métamorphes de préférence, mais les couples mixtes étaient aussi des géniteurs. Ils avaient aussi tendance à secrètement intégrer des métamorphes dans la population.

— Je n'ai pas débuté ma vie en tant que whampyr, dit-il d'un ton sec, lui faisant comprendre qu'il mettait fin à son interrogatoire. Mais elle n'avait pas terminé.

— Donc tu as été fabriqué.

— Fabriqué. Créé. Transformé. Tous ces détails ne sont pas tes affaires.

N'avait-il toujours pas compris que si justement, elle faisait de lui son affaire ?

Se penchant plus près de lui, son souffle effleurant son dos, elle murmura :

— Tu n'as toujours pas saisi ? Si tu cherches à me mettre des bâtons dans les roues, ça ne fera que me faciliter la tâche, parce que j'obtiens toujours ce que je veux.

— Pas cette fois-ci, princesse.

— Oh si. Considère ça comme un avertissement, je n'ai pas peur de te torturer.

— Tu ne peux pas me faire de mal.

— Qui a parlé de douleur ?

Elle pressa ses lèvres contre sa peau, ressentant à nouveau cet électrochoc à son contact qui la frappa entre les jambes, déclenchant des pulsations dans son sexe qui la poussèrent à coller son corps contre lui. S'appuyant sur son dos, elle pressa sa joue contre sa peau nue. Elle enroula les bras autour de son torse, les mains tendues sur son abdomen ferme.

— Qu'est-ce que tu fais ?

— À ton avis ?

Sa main glissa vers le bas, par-dessus le bord de la serviette, caressant ses cuisses couvertes par le tissu.

— Arrête ça.

— Dis-moi ce que je veux savoir.

— Non.

Sa main effleura la bosse entre ses cuisses, celle qui poussait sa serviette. Voulant lui dire bonjour.

— Dis-moi comment tu as été fabriqué.

Au lieu de ça, il pivota, l'attrapant et la poussant avec force contre le mur de la salle de bains, les yeux rouge flamboyant. Ses lèvres se tordirent avec colère.

— J'en ai assez dit comme ça. On arrête.

— Non.

La confiance en soi était la meilleure amie d'une femme.

— Il y a des choses me concernant que tu ne peux pas comprendre.

— Alors, dis-les-moi. Dis-moi et j'arrêterai.

— Tu arrêteras parce que je te l'ai demandé surtout, dit-il, essayant de paraître autoritaire.

— C'est quoi le problème ? Pourquoi la façon dont tu es devenu un whampyr est-elle si secrète ? Ça a un rapport avec Gaston, c'est ça ? Oh, mon Dieu.

Elle écarquilla les yeux.

— T'es un zombie ? Est-ce qu'il t'a genre, ramené à la vie ?

— Mais comment fonctionne ton cerveau putain ? J'ai l'air mort à tes yeux ?

— Non.

Clairement pas, même si sa température corporelle n'était pas aussi chaude que celle d'un métamorphe.

— Mais Gaston est un nécromancien ainsi que ton maître.

Il soupira.

— Je ne suis pas mort. Même si j'ai failli l'être. Gaston m'a sauvé, mais pour cela, il a dû transformer mon corps humain en quelque chose d'autre.

— Il a fait ça avec de la magie ?

Elle promena ses doigts le long de sa peau et sentit le frisson qui le parcourut.

— De la magie. De la nécromancie et des ingrédients qu'il ne révélera jamais. C'est un secret ancien qu'il n'utilise pas à la légère. Tout le monde ne survit pas à ce sort.

— Mais toi oui, parce que tu es fort.

Si fort et pas seulement physiquement, mais aussi mentalement. Il faisait preuve d'une volonté indomptable qu'elle trouvait extrêmement attirante.

— Comment as-tu failli mourir ?

— Tu ne vas pas aimer ma réponse.

Peut-être pas, mais elle avait le sentiment que ça lui en apprendrait beaucoup sur lui.

— Dis-moi.

— Une femme. Une lionne métamorphe, comme toi, m'a éviscéré.

— Quoi ?

Sa réponse la choqua.

— Tu as fait quelque chose pour l'énerver ?

— Comme c'est gentil de ta part de tout de suite supposer que j'ai fait quelque chose de mal.

— Nous ne tuons jamais sans raison. Pas les humains en tout cas.

— Eh bien, Sasha, si. Elle laissait toute une traînée de cadavres derrière elle, dans chaque ville qu'elle visitait. Gaston m'a trouvé avant que je ne me vide totalement de mon sang.

— Qu'est-il arrivé à cette femme ?

Un sourire froid et lent étira ses lèvres.

— Elle est morte.

— Tu l'as tuée ? Et personne ne s'est vengé ?

Les métamorphes ne toléraient pas la violence envers les leurs.

— J'ai même été récompensé. Apparemment, Sasha avait été contaminée par une forme de folie. Une sorte de rage de métamorphes.

Rare et incurable.

— Une peine de mort a alors été décrétée, dit-elle en terminant son histoire. Eh bien je suppose que cela explique beaucoup de choses sur toi.

— Tu comprends pourquoi je ne veux pas entretenir de relation avec toi ou ton espèce ?

Elle souffla en lui tirant la langue.

— Oh, pitié. Tu ne vas quand même pas me dire que c'est ça ton excuse bidon. C'est arrivé il y a des années et je ne suis clairement pas une psychopathe meurtrière.

— Ça reste à voir.

— Je n'ai pas l'intention de te tuer.

Puis, parce qu'elle était une connasse, elle ajouta :

— Pas encore.

— Je ne suis plus un humain faible à la peau tendre. Alors, vas-y, essaie.

— Et tacher ma robe de sang ? dit-elle en baissant les yeux sur sa tenue. Laisse-moi au moins l'enlever d'abord.

Elle attrapa l'ourlet, mais il lui donna une tape sur les mains.

— Je t'interdis de te mettre à poil.

— Pourquoi ?

— Parce que, grogna-t-il.

Elle n'eut pas besoin de lui demander à nouveau pourquoi. Elle eut sa réponse en percevant cette lueur rouge qui brillait dans ses yeux.

Il me veut, mais il n'a pas envie de me désirer.

Adorable.

— Tais-toi et embrasse-moi.
— Non.
— J'ai bien peur de ne pas connaître ce mot.
Pas avec lui en tout cas.

Elle prit son visage dans ses mains et l'attira assez près pour prendre sa bouche. La prendre et se délecter de la sentir bouger contre la sienne. Le goût mentholé de son dentifrice masquait sa véritable saveur, mais elle s'en fichait, car au moins elle l'embrassait. Et malgré ce qu'il avait pu lui dire, la colère qu'il éprouvait envers son espèce, il lui rendit son baiser.

Il laissa échapper un faible gémissement alors qu'il cédait à cette passion qui naissait entre eux, sa bouche dévorant la sienne avec avidité et lorsque ses dents pointues entaillèrent sa lèvre inférieure, libérant la saveur cuivrée du sang, elle gémit.

— Oui. Encore.

Cette fois-ci, il ne s'arrêta pas. Il suça sa lèvre inférieure, aspirant plus de sang, enflammant chacune de ses terminaisons nerveuses. Il descendit ses mains plus bas, caressant le tissu en lin fin de sa robe, attrapant son cul à travers le textile en serrant ses fesses.

Son grand corps costaud se pressa contre le sien, la dureté de son érection bloquée par la serviette et les vêtements qu'ils portaient tous les deux. Mais elle la sentit. Elle la sentit pulser et pousser, son désir pour elle étant si évident.

La même excitation intense la traversait de toute part, exigeant d'être satisfaite.

Elle tendit la main entre eux, tirant sur sa serviette, la desserrant suffisamment pour pouvoir saisir son érection à la racine. Son érection épaisse.

Bonté divine. La taille de celle-ci allait l'étirer ! Marteler sa chair douce. Son sexe se crispa d'excitation et sa culotte propre devint humide. Tout son corps palpitait de désir. D'envie.

— Prends-moi, murmura-t-elle. J'ai besoin...

Toc. Toc. Toc.

— Ignore ça, murmura-t-elle, le sentant se figer.

— Quelqu'un est ici.

C'est probablement le service de chambre.

— Ce qui veut dire que si nous ne répondons pas, ils vont entrer.

Il s'écarta d'elle, rattrapant sa serviette avant qu'elle ne tombe complètement au sol. Il l'enroula à nouveau autour de ses hanches en quittant la salle de bains.

La laissant frustrée et courbaturée.

— Qui est-ce ?! l'entendit-elle aboyer en lissant ses cheveux et prenant plusieurs inspirations pour calmer son pouls qui s'emballait.

Une voix étouffée lui répondit :

— C'est moi, Jan.

Cette petite salope était de retour pour une nouvelle tentative. Même pas en rêve.

Il est moi.

Avant que Stacey ne puisse lever les yeux au ciel en voyant cette garce effrontée commencer si tôt, il avait ouvert la porte.

Avec sa serviette autour de la taille.

Cet homme ne faisait preuve d'aucun bon sens.

Stacey plissa les yeux en direction de la jeune femme sur le pas de la porte, qui avait osé se faire jolie et paraître attirante dans son short kaki moulant, sa chemise nouée au niveau du ventre et... était-ce un piercing qu'elle avait au nombril ? François se déplaça, bloquant Stacey pour qu'elle ne soit pas dans le champ de vision de Jan. Malin. Il savait qu'il ne valait mieux pas contrarier la lionne de Stacey. Il avait probablement envie de se débarrasser rapidement de Jan pour pouvoir reprendre leur étreinte passionnelle.

D'une seconde à l'autre, François fermerait la porte.

D'une seconde à l'autre...

Elle attendait toujours.

— Bonjour, dit brutalement François et pourtant, c'était toujours mieux que ce qu'il avait offert à Stacey.

L'imbécile. Il essayait de la rendre jalouse.

Ça marchait complètement.

— Désolée pour cette visite matinale, dit Jan d'un ton mielleux. Mais je voulais te dire que nous avons eu une annulation pour la visite du volcan qui démarre bientôt et je voulais savoir si tu étais intéressé.

Intéressé ? Je sais ce qui t'intéresse. C'est de te faire François.

Il était temps d'y mettre un terme. Stacey se faufila derrière François qui bloquait bien la porte et elle jeta un coup d'œil par-dessus son bras nu.

— Comme c'est gentil de le proposer, intervint-elle. Un trek dans la jungle semble parfait pour démarrer nos vacances.

Des yeux bleu pâle rencontrèrent les siens, elle y lut un regard glacial qui disparut aussi vite qu'il était venu. Jan prit un air désolé.

— Pardon, mais nous n'avons de la place que pour une personne. C'est une visite très populaire et nous n'avons qu'un nombre restreint de places.

Évidemment, cette petite traînée n'avait qu'une seule place à leur proposer. Peu importe. François allait probablement décliner sa proposition. Il était là pour la protéger – et il avait pour mission d'éteindre ce feu entre ses jambes.

Mais ce crétin la surprit à nouveau.

— C'est celui dont parlait le barman ?

— Oui. La visite est assez populaire auprès des hommes les plus aventureux du complexe hôtelier.

— Je suis partant.

Il était quoi ?!

— Comment ça t'es partant ? Je croyais qu'on devait passer du temps ensemble ?

Elle croyait surtout qu'il allait mettre sa tête entre ses cuisses et s'occuper de ce miel qui coulait pour lui.

— Je suis certain que tu sauras t'occuper pendant quelques heures.

— Mais qui me mettra de la crème solaire ? Je prends facilement des coups de soleil, dit-elle d'un ton plus irrité que ce qu'elle aurait voulu.

— Tu peux toujours demander au personnel de t'aider. Nous sommes ici pour vous satisfaire, dit Jan en regardant François.

Je connais ce regard. Stacey l'utilisait elle-même, celui qui disait « tout ce que tu désires, beau gosse viril, tu peux l'avoir ». En étant nue.

Mais Jan s'en servait avec François et il ne détournait pas le regard, et personne ne prêtait attention à Stacey.

Bondis-leur dessus. Sa lionne intérieure n'appréciait pas beaucoup ce flirt entre François et Jan.

La jalousie lui faisait sortir les griffes. La jalousie combinée à la frustration lui donnait envie de hurler.

Son attitude et ses actes la mettaient hors d'elle.

Ce qui, en retour, lui fit comme un électrochoc.

Mais qu'est-ce que je fais ? Pourquoi est-ce que j'en ai quelque chose à faire ? Ce n'était même pas comme si elle l'aimait vraiment. Malgré ce qui s'était passé dans la salle de bains, et même le jour d'avant, elle n'était pas intéressée par François. Pas une seule seconde. Certes, cela ne l'aurait pas dérangée de s'amuser et de transpirer un peu, mais sur le long terme ? Jamais. Ses mains étaient bien trop calleuses pour être celles d'un petit ami. Dures et rugueuses, elles l'auraient sûrement griffée de façon féroce.

Elle frissonna.

Le découvrirait-elle un jour ou bien promènerait-il ses grandes mains délicieuses sur la peau de Jan ?

J'éviscèrerai cette pute.

Waouh. Elle balaya sa jalousie d'un revers de la main et lui ordonna de se taire. Elle n'allait pas devenir l'une de ses filles qui ne supportaient pas qu'un mec en choisisse une autre. Et qui avait dit que ça ne faisait pas partie de son plan ?

En y réfléchissant, son jeu de séduction avec Jan était probablement en rapport avec leur mission. *Il fait semblant.* Parce que, euh allô ? C'était impossible qu'il préfère cette blonde ennuyeuse à une rousse. Son prétendu intérêt pour Jan pourrait être utile, donnant l'occasion à François de découvrir quelque chose tout en l'écartant de son chemin pour qu'elle puisse commencer à mener sa propre enquête.

— Vas-y avec Jan. Ça ira, dit-elle avec un sourire un peu trop rayonnant. Tu vas bien t'amuser.

— Je ne fais pas ça pour m'amuser.

— Je suis sûre que ce sera horrible et que tu vas bouder tout le long. Mais sois gentil et prends des photos, d'accord ?

— Quand est le départ ? demanda-t-il à Jan.

— Dans trente minutes au club principal.

— J'y serai.

Il ferma la porte et attendit. Ils le firent tous les deux alors que les pas de Jan s'éloignaient. Ce ne fut qu'alors qu'il pivota vers elle.

— Tu essayais de faire griller notre couverture ou quoi ?

— De quoi tu parles ?

— Tu essayais de me casser mon coup.

— Tu n'envisages quand même pas sortir avec cette salope, si ?

— Ce n'est pas une salope.

— Tu ne le vois pas, parce que tu ne penses pas avec ta tête.

— Je baise avec qui je veux, ce ne sont pas tes affaires.

— Si, ce sont mes affaires.

Elle continua de parler et n'arrivait pas à contrôler les mots possessifs qui sortaient de sa bouche. Et il le remarqua.

— On dirait plus le discours d'une petite amie que d'une sœur.

— Je suis juste une observatrice inquiète.

Marchant lentement, il s'avança vers elle.

— À quoi tu joues, princesse ?

— Je ne vois pas de quoi tu parles. À moins que tu ne fasses allusion à *Clash of Cans*[1] ? Il faut que je me connecte tous les jours sur l'appli pour récupérer mes points.

— Ne fais pas semblant d'être idiote. Je parle de ton attitude avec moi.

Elle battit des cils.

— Mais de quoi tu parles ?

Il s'arrêta devant elle, une présence menaçante et imposante, toujours à moitié nu. Si tentant.

Elle posa les mains sur son torse et sentit le battement étrangement lent de son cœur. Un battement qui s'accéléra et la peau sous ses doigts se réchauffa.

— Malgré ce qu'il vient de se passer, princesse, nous ne sommes pas en couple. Je ne suis pas intéressé par toi.

— Veux-tu que je te prouve que cette affirmation est fausse ? dit-elle d'un ton sec.

Elle n'aimait pas qu'il nie ce qui venait de se passer.

— Je ne suis pas un jouet avec lequel tu peux jouer ! Je ne t'appartiens pas.

— J'espère bien que non. Personne ne devrait jamais appartenir à une autre personne.

Mais emprunter en revanche... *Il peut emprunter mon corps quand il veut.* Elle remonta ses doigts le long de son torse, traçant le contour de sa mâchoire, frottant ses lèvres, leur extrémité se pressant contre ses incisives. Ses yeux brillèrent d'une lueur rouge.

— Arrête ça.

— Force-moi.

— Tu joues avec le feu, princesse.

— Tu ne t'es jamais dit que peut-être j'avais envie de brûler ?

Il repoussa sa main.

— Essaie de rester concentrée.

— Je me concentrerais probablement plus si l'on couchait ensemble.

— Je suis certain que la station pourrait t'organiser quelque chose si tu es si désespérée que ça. Même si j'imagine qu'il te suffirait de claquer des doigts à la piscine et convoquer l'étalon de ton choix.

— Es-tu en train de me conseiller de baiser avec un autre type ? C'est ça que tu veux ? ne put-elle s'empêcher de dire d'un ton perplexe.

— Je me fiche de ce que tu fais, dit-il d'un air sérieux.

Et pourtant, sa lionne intérieure grogna immédiatement : *mensonge.*

— Tu n'en as vraiment rien à faire ?

— Non.

— Donc le fait d'imaginer mes mains en train de caresser le corps d'un autre homme ne te dérange pas. Tu serais d'accord pour qu'une autre bite se glisse dans cette chaleur que tu as initiée ?

Elle prit son sexe entre ses mains à travers sa robe et remarqua qu'il la fixait.

— Arrête, grogna-t-il.

— Arrêter quoi ? Tu n'es pas censé être dérangé par l'idée qu'un autre homme me lèche la peau. Ou la bouche…

— Assez ! rugit-il. Je ne veux pas que tu baises avec quelqu'un d'autre. C'est ça que tu veux entendre ?

— Oui.

Il agita la main en l'air.

— Ça ne veut rien dire. Nous sommes ici pour le travail, alors concentre-toi sur la raison de notre venue et garde ta libido et tes mains pour toi.

— Ce n'est pas drôle.

— Exactement. Nous ne sommes pas là pour nous amuser.

Elle soupira.

— Personne ne t'a jamais dit que tu étais un rabat-joie ?

Et une petite allumeuse.

— Si, tout le temps.

— Tu vas vraiment me laisser seule toute la journée ? Tu réalises quand même que tu as été envoyé ici pour m'empêcher de faire des bêtises, non ?

— Est-ce que tu me menaces de mal te comporter si je m'en vais ?

— Menacer ? Moi ? Je vais seulement être moi-même. Ce n'est pas de ma faute si certaines personnes s'en offensent.

— Es-tu capable de ne pas finir en prison rien qu'une journée ? Je ne préfère pas utiliser mon argent pour payer ta caution.

— Est-ce que j'ai l'air d'une femme qui passe du temps

en prison ? dit-elle en désignant sa silhouette élégamment vêtue.

— J'ai entendu dire que le clan avait de très bons avocats.

Elle rigola. Effectivement, et c'était pour cela que les connasses s'étaient tirées de pas mal de pétrins, contrairement à d'autres.

— Je ne vais pas te faire changer d'avis, n'est-ce pas ? dit Stacey.

— Non.

— Très bien. Va faire ton road trip avec Jan. On verra ce que cette petite salope te donnera comme info.

— Et toi, que vas-tu faire ?

— Je vais organiser un mariage et en même temps, interroger les gens.

Tout en essayant de ne pas se transformer en homard. Heureusement qu'elle avait apporté cette boîte avec une crème solaire à l'indice de protection le plus élevé. Elle l'avait achetée à un scientifique qui vendait des secrets de la NASA, elle était assez performante pour la protéger des rayons UV d'une planète étrangère.

— Ne t'attire pas d'ennuis, dit-il en agitant le doigt.

Elle faillit le mordre.

— Je te promets d'être sage en échange d'un baiser.

Voilà qu'elle négociait des faveurs sexuelles. C'était tout nouveau pour elle.

Mais cela fonctionna.

Il l'attira plus près, de son plein gré cette fois-ci. Il la souleva légèrement pour qu'elle soit sur la pointe des pieds, ses lèvres à quelques centimètres des siennes. Tellement près qu'elle pouvait sentir son souffle. Il murmura :

— Si tu veux un baiser, alors sois sage jusqu'à mon retour.

Une journée entière sans faire de bêtise ?

Ce serait un sacré défi.

Avant même qu'elle ne puisse lui demander de lui donner un avant-goût, il s'éloigna et commença à s'habiller.

Très vite, François s'en alla et Stacey se retrouva livrée à elle-même. Elle ouvrit le paquet avec sa crème solaire spéciale, il y en avait tout un baril. Maintenant que François était parti, il n'y avait personne pour le transporter à sa place, alors elle le cala sous son bras, mais n'eut pas besoin d'aller bien loin avant qu'un mâle ne lui propose de le porter pour elle. Ce petit français sexy d'outre-mer l'attrapa, grogna à cause de son poids et le fit tomber. Sur son orteil. Ses cris attirèrent d'autres clients.

Les deux autres types eurent eux aussi du mal à le transporter.

Des mauviettes. François et ses bras musclés lui manquaient déjà. Ces bras n'avaient pas intérêt à étreindre quelqu'un d'autre. Sinon, elle les lui arracherait et le frapperait avec.

---

1. Jeux vidéo mobile de stratégie

CHAPITRE DOUZE

En vérité, JF n'avait pas envie de faire cette putain de visite guidée. S'il avait envie d'explorer le volcan, il pouvait le faire lui-même par voie aérienne et aurait pu couvrir plus de terrain. Le problème, c'était qu'il ne verrait pas grand-chose la nuit et avant de commencer à le survoler de jour, il voulait avoir une meilleure idée de ce qui l'attendait.

Cependant, cette logique ne le rendait pas plus heureux, pas en étant balloté dans ce putain de SUV qui aurait facilement pu transporter Stacey aussi si Jan n'avait pas été si collée à lui.

La femelle agaçante n'était pas nécessaire à la visite guidée, ce qu'il réalisa peu de temps après leur départ. Jan avait réquisitionné le siège à côté de lui dans le véhicule tout terrain, une sorte de pick-up arrangé. À l'intérieur se trouvaient deux rangées avec des arceaux de sécurité au-dessus. Quatre personnes étaient assises sur chaque banquette. Tous des hommes et des métamorphes. Les banquettes auraient pu accueillir une ou deux personnes de plus.

Mais encore une fois, c'était peut-être mieux comme ça. En effet, JF se rapprochait trop de Stacey.

Il avait trop envie d'elle.

Si Jan ne les avait pas interrompus ce matin, jusqu'où seraient-ils allés ?

Jusqu'au bout, répondit la bête avec un rire sombre.

JF lui avait mordu la lèvre par erreur – non, il l'avait fait exprès pour la goûter. Cela n'avait fait qu'empirer les choses. Désormais, il savait à quel point elle avait bon goût. Il avait envie de plus.

Cul sec, mon grand. Son monstre intérieur n'avait vraiment aucun scrupule.

Combien de temps pourrait-il tenir si elle continuait d'insister ?

Pas longtemps si elle l'attaquait encore avec ses baisers.

Il faut que je garde mes distances. Qu'il reste loin de la tentation.

Loin de ces lèvres pulpeuses.

Qu'en est-il de la promesse que je lui ai faite ? Lui promettant de l'embrasser à son retour si elle se comportait bien. Il n'y avait probablement pas de quoi s'inquiéter. Il était impossible que Stacey passe une journée entière sans avoir d'ennuis.

Elle était synonyme de problèmes avec un P majuscule. Cette femme avait besoin d'un gardien. Un homme pour veiller sur elle et frapper ceux qui pourraient s'offenser de ses airs de princesse.

J'aurais dû rester près d'elle.

Il regarda en arrière en direction de la station. Ils n'étaient pas encore allés bien loin. Il pouvait toujours sauter et rentrer en moins d'une heure.

Le simple fait qu'il soit en train de l'envisager lui donna envie de se gifler mentalement.

L'étrange besoin qu'il avait de veiller sur elle était la raison pour laquelle il devait fuir et avait décidé de s'embarquer dans cette aventure bidon dans la jungle.

Rester loin. Très loin. Même s'il s'ennuyait et était torturé par une femme désespérée.

Donne une chance à cette expédition. Peut-être qu'il apprendrait quelque chose.

Ouais, comme où cacher un corps sur l'île par exemple. Hihihi.

Un chauffeur et son équipier qui lisait un texte se trouvaient à l'avant du véhicule, pendant qu'ils roulaient sur un chemin plein d'ornières dans la jungle. L'animateur racontait l'histoire de l'île et JF décida de ne pas l'écouter, comme il ne prêtait pas attention à la femme à côté de lui.

Jan n'arrêtait pas de parler et il grognait et acquiesçait de temps en temps, n'écoutant que partiellement. La blonde pétillante ne lui révéla pas une seule fois quelque chose qui aurait pu l'intéresser. Quelle perte de temps ! Alors il l'interrompit pour lui poser une question.

— Je croyais que le volcan était un espace protégé.

Et pourtant, ils étaient en chemin pour aller le voir.

— C'est vrai. Mais on ne peut pas vraiment s'attendre à ce que les gens ignorent sa présence. Le gouvernement et les autorités ferment les yeux sur les petites expéditions qui viennent seulement jeter un coup d'œil. Tant que nous ne créons pas de nouveaux sentiers ou ne détruisons rien, ils s'en fichent.

— Allons-nous vraiment sur le volcan ?

— En bas du volcan oui. Les côtés sont assez abrupts. Il faudrait être un singe-araignée pour les escalader.

Il balança une information que lui avait donnée Stacey.

— J'ai entendu dire qu'il y avait une sorte de secte qui vénérait le volcan jadis.

— Ce n'était pas une secte ! dit-elle avec véhémence.

— Tu as déjà entendu parler de ses adeptes ?

— Plus qu'entendu. Je les ai étudiés quand je suis arrivée sur cette île. Ils étaient le sujet de ma thèse culturelle. Ils étaient plus qu'une secte. Les Lleyoniias – dit-elle d'une voix traînante – étaient là avant tous les humains de l'île. Ils étaient une ancienne espèce de dieux.

— Les dieux n'existent pas.

— Ou bien ils choisissent simplement de ne pas se montrer ?

— Comment peut-on y croire sans preuve ?

— J'ai étudié la preuve en question. J'ai vu l'historique et les photos.

— Des photos ? ricana-t-il. Des photos d'hommes portant une tête de lion.

— Tu ne mentionnes qu'une des façons dont ils ont été décrits. Apparemment, c'était des lions. Des métamorphes, mais d'un genre plus avancé que ce que nous voyons aujourd'hui, ajouta-t-elle doucement, en regardant les autres touristes.

Étant donné qu'aucun d'entre eux ne sentait l'humain, il ne comprit pas pourquoi elle parlait avec prudence.

— Maurice a dit que la population de l'île était désormais entièrement humaine. Ces fameux dieux ont-ils disparu ?

— Les légendes sont assez obscures sur ce point. Certains disent que les habitants de l'île ont refusé de donner une partie de leur butin aux Lleyoniias et quand les envahisseurs sont arrivés, les dieux sont partis avec eux sur leur bateau. D'autres légendes affirment que le volcan est entré en éruption et les a anéantis.

— Quel qu'ait été leur destin, la légende perdure. À ton

avis que s'est-il passé ? Penses-tu qu'ils sont tous éteints ou qu'ils se sont simplement cachés ?

— Je pense que c'est une histoire très intéressante, dit-elle en souriant. Mais je suis bien plus intéressée par toi. Qu'est-ce que tu es exactement ?

Sa question fut directe.

— Je ne comprends pas ce que tu veux dire.

— Tu n'es pas un métamorphe.

— C'est vrai. Je n'en suis pas un.

— Mais ta sœur en est une. Tu dois forcément avoir les mêmes gènes.

— Hélas non, ils m'ont échappé. Je ne suis qu'un simple humain.

Elle secoua la tête.

— Tu mens. Tu n'es peut-être pas un métamorphe, mais tu n'es pas un humain non plus. Tu as des marques sur ton corps.

Il était inutile de le nier. Elles étaient difficiles à cacher, mais cela ne voulait pas dire qu'il était obligé de révéler leur signification.

— Ce que je suis ne te regarde pas.

— Et si j'ai envie que ça me regarde, justement ? En tant qu'employée de la station, je suis obligée de découvrir si tu représentes un risque pour les autres clients.

— Tant qu'ils me laissent tranquille, tout ira bien pour eux.

— Ce n'est pas une réponse suffisante, dit-elle en secouant la tête. Tu ne peux pas t'attendre à ce que je te prenne au mot. Le fait que tu refuses catégoriquement de me répondre est assez suspicieux.

— Parce que ce ne sont pas tes affaires, putain.

Il fallait beaucoup de sang froid pour ne pas laisser la

bête en colère remonter à la surface, et lui donner alors un indice sur son identité.

Pour une jeune femme de son âge, il la trouvait extrêmement arrogante, mais Jan allait vite se rendre compte qu'il n'en avait rien à faire de son sexe ou de son âge. Si elle le provoquait trop, JF lui rendrait la pareille.

Le 4X4 s'arrêta brusquement alors que leur guide sautait hors du véhicule en leur annonçant qu'ils allaient continuer à pied.

Ce fut avec plus de méfiance qu'auparavant que JF suivit, remarquant que Jan restait loin du groupe. Il lui jeta un coup d'œil de temps en temps, s'étonnant de cette distance soudaine entre elle et lui, remarquant qu'elle scrutait la forêt. Alors quand l'embuscade eut lieu, il était déjà prêt.

Des sangliers sauvages sortirent de la jungle à toute vitesse. Ils étaient tout un groupe, leurs corps étaient larges et costaud, leurs poils épais étaient striés pour mieux se camoufler. Leurs yeux étaient focalisés sur ceux qui envahissaient leur territoire. Ils reniflèrent avec force, baissant la tête pour charger, les menaçant avec leurs défenses pointues et dentelées.

— On peut ? demanda l'un des invités, prêt à déboutonner sa chemise.

— Allez-y. Les humains ne sont pas autorisés dans ce secteur.

Les hommes du groupe se dispersèrent, l'excitation bouillonnant dans leurs veines. Il put entendre leurs cris alors qu'ils se déshabillaient et couraient, l'excitation de la poursuite, qui se transformerait en partie de chasse, se traduisit par un cri de guerre vif qui résonna tout autour de lui. Quand ils se retrouvaient face à un prédateur, un prédateur menaçant et promettant un bon combat, les métamorphes ne pouvaient pas s'en empêcher, l'instinct primitif étant trop difficile à ignorer.

Alors ils s'élancèrent, et les cris des prédateurs félins en pleine action résonnèrent dans la jungle.

Seuls les guides, Jan et JF, restèrent habillés et près du 4X4.

— Vous n'allez pas chasser avec eux ? lui demanda le conducteur.

— Je crois que je préfèrerais explorer le volcan à la place.

— Alors il faut que vous alliez par là, répondit le guide en lui indiquant un endroit sans pour autant proposer de l'accompagner.

Non pas que JF ait besoin d'aide, mais il fut surpris que Jan ne fasse pas de remarque.

Peut-être avait-elle enfin renoncé à cette obsession qu'elle avait pour lui.

Il partit dans la direction recommandée par le guide, mais s'écarta légèrement du chemin principal lorsqu'il remarqua le sentier secondaire que quelqu'un avait visiblement essayé de dissimuler, les grosses feuilles ayant été trop soigneusement posées pour que cela paraisse naturel. Mais en les poussant sur le côté, il constata qu'un stratagème bien plus rare avait été mis en place. Ce qui était étrange avec ce deuxième sentier caché, c'était l'absence d'odeur.

Il n'y en avait aucune. Presque comme si quelqu'un avait essayé de la masquer. *Ou de faire croire qu'un whampyr était passé par là.*

Ce n'était pas parce que les métamorphes ne pouvaient pas les sentir que les whampyrs n'avaient pas d'odeur. La leur était seulement plus ésotérique. Un autre whampyr pouvait la *sentir* ; cela demandait juste un peu plus d'effort.

JF ne laissa qu'une partie de lui se transformer, autorisant sa bête à jeter un coup d'œil pour vraiment inhaler et filtrer l'air autour de lui.

Toujours rien...

Attendez. Un soupçon de produit chimique. Quelque chose fabriqué par l'homme et de pas naturel. Dans quel but ? Quelqu'un avait-il intentionnellement neutralisé toute odeur ?

Intéressant. Et pourquoi le faire si ce n'était pour cacher quelque chose ?

Des secrets. Toujours des secrets.

Même si désormais il avait dévoilé l'un de ses secrets à Stacey. *Je n'arrive pas à croire que je lui ai raconté ce qu'il m'est arrivé.*

Il lui avait dit et avait essayé de trouver en lui assez de colère pour la détester. C'était à cause de son espèce qu'il avait failli mourir.

Mais ce n'était pas elle.

Cependant, elle avait un peu la même nature impétueuse. La même tendance à la violence.

Moi aussi je suis plus violent. Il n'était clairement plus le genre d'homme que l'on pouvait provoquer.

Sasha était une anomalie. Une lionne malade. Stacey ne l'était pas. Sexy et frustrante oui, mais elle pouvait le guérir de ses blessures.

Mais serait-elle aussi ce qui avait provoqué sa chute ? Quand il était avec elle, il perdait le contrôle. Il ne faisait plus preuve d'aucun bon sens. Et s'il ne se contrôlait pas assez et que la bête prenait le dessus ?

Je devrais peut-être m'acheter une putain de robe rose et commencer à parler de mes putains de sentiments avec une voix aiguë, non ? Mais qu'est-ce qui n'allait pas chez lui bon sang ? Voilà qu'il rêvassait et fantasmait sur une foutue princesse.

Baise-la et passe à autre chose.

Il fallait juste qu'il s'assure de ne pas la mordre à nouveau. Pas de morsure. Juste une partie de jambes en l'air torride et transpirante.

En parlant de sueur... À cause de la chaleur de la jungle, sa chemise en lin était désormais toute collante. Il avait opté pour une chemise à manches longues et un pantalon qu'il avait commandé dans une boutique en ville. Maurice s'en était chargé. Comme s'il allait porter les merdes que Stacey avait amenées pour lui.

Atteignant la base du volcan, il s'arrêta et leva les yeux, remarquant les parois déchiquetées, la roche noir et grise avec de la verdure éparse qui luttait pour en jaillir. Pas propice à l'escalade.

Même si une personne agile pouvait certainement atteindre la corniche sombre qu'il remarqua à mi-hauteur.

Ce serait plus facile de voler.

Mais il n'osa pas le faire tout de suite. Peut-être l'observait-on ? Il se demanda également si cela servait à quelque chose. Le second sentier qu'il avait suivi menait à une impasse. Peut-être que cet endroit n'avait rien de spécial.

En tout cas, il ne sentait rien qui ne sorte de l'ordinaire. Pas une seule odeur d'humain ou de métamorphe. Seulement des fleurs et de la végétation ainsi que l'odeur musquée du sanglier.

Les mains dans les poches, il s'approcha plus près de la montagne, ses yeux scrutant le rideau dense d'arbustes. Extrêmement dense et pourtant, il remarqua...

— Groin !

Le cri bruyant du cochon attira son regard sur la gauche, juste à temps pour voir un sanglier sortir des bois, le chargeant en couinant.

Si seulement il avait été seul. Il aurait pu se faire un très bon déjeuner al fresco[1], mais garder son secret était plus important.

On ne montre pas le monstre en public.

Mais il ne faisait pas seulement preuve d'agilité sous sa forme de whampyr. JF observa le sanglier qui chargeait, calculant son saut. Une fois qu'il aurait atterri derrière lui, il allait devoir agir vite. Il allait devoir lutter contre l'animal à mains nues étant donné qu'il n'avait pas apporté d'armes.

Concentré sur le sanglier qui chargeait, il ne réagit pas quand il entendit un vrombissement. Quelques instants plus tard, un insecte le piqua, une morsure acérée au niveau du coup.

Aïe ! Il n'osa pas lever la main pour l'écraser, pas avec le sanglier qui n'était qu'à quelques mètres.

Un autre insecte lui piqua les fesses. Sérieusement ?

Distrait, il détourna le regard du sanglier qui se précipitait vers lui. Il l'esquiva, mais son corps était engourdi, lent.

Maladroit.

Il trébucha. Et tomba...

---

1. En plein air

CHAPITRE TREIZE

Mais où est JF ? La journée avait été extrêmement longue. Stacey avait passé la matinée à inspecter chaque recoin du complexe hôtelier, avec Maurice à ses côtés qui lui exposait les équipements disponibles pour un mariage. Il avait répondu à toutes ses questions sans aucune hésitation. Il l'avait laissé jeter un coup d'œil dans tous les angles et les placards qu'elle voulait. Tout ça pour ne rien trouver.

Après le déjeuner, elle avait tenté une autre approche, embarquant à bord d'un voilier avec d'autres clients. Vomissant par-dessus bord et retournant sur la berge. Les félins et l'eau ne faisaient pas bon ménage.

Elle passa le reste de l'après-midi au bord de la piscine, essayant de pomper des informations aux gens tout en s'enduisant de crème solaire pour ne pas que sa peau se transforme en steak grillé. Ceux qui la badigeonnaient parlèrent. Et parlèrent.

Mais tout ce qu'elle apprit s'avéra ennuyeux. Tellement ennuyeux, même avec toutes ses boissons tropicales.

À la fin de l'après-midi, sa peau était toute grasse et elle était frustrée car elle n'avait rien à présenter pour sa première journée d'enquête.

OK, pas complètement. Certaines personnes avaient parlé de la fille disparue en disant : « Oh, mon Dieu, j'espère qu'elle va bien. » ou « Je me demande avec qui elle est ».

Personne ne semblait inquiet d'être enlevé à son tour. Le complexe hôtelier faisait de son mieux pour faire comme si tout allait bien. C'était un lieu de plaisir et d'aventure, pas de peur.

En-n-n-n-u-y-e-u-x. Elle avait envie de faire bouger les choses. Elle était vraiment tentée de faire quelque chose, n'importe quoi, pour apaiser sa frustration.

Mais dans ce cas-là, François risque de ne pas m'embrasser.

Depuis quand était-ce important ? Depuis quand se comportait-elle bien pour un homme ?

Depuis que j'en ai trouvé un qui me fait sentir toute chose. Depuis combien de temps n'avait-elle pas rencontré un type qui suscitait en elle un intérêt plus que passager ? JF ne s'extasiait pas devant elle. Il ne disait pas oui à tout ce qu'elle demandait.

Cet homme avait du caractère et c'était putain de sexy.

Tout chez lui était sexy. *Et je veux tout.*

Je le veux lui.

Tombait-elle amoureuse de ce type ? Elle le connaissait à peine. Et pourtant, plus elle le découvrait, plus il l'intriguait.

Au moins, maintenant, elle comprenait pourquoi il agissait de façon si méprisante envers elle et les autres lions. Il avait été blessé. Méchamment. Elle voyait bien qu'il avait du mal à faire confiance. Elle le voyait, mais ne le comprenait pas car elle n'avait jamais vraiment souffert comme

François. Élevée comme une princesse choyée et étant la plus jeune de la famille, Stacey avait bien profité de la vie. Les voyages, les vêtements, la bonne nourriture. Mais passer à côté de la mort parce qu'on avait fait confiance à la mauvaise personne ?

Ça devait être horrible.

Il pouvait quand même bien comprendre que cette femme était une anomalie ? Ayant grandi au sein du clan, Stacey savait que ce genre d'incidents où les lions devenaient fous étaient très rares. Mais JF ne le savait peut-être pas. Peut-être devrait-elle lui dire ou même mieux, lui montrer, que tous les métamorphes n'étaient pas de violents psychopathes. Le ramener chez elle pour lui faire rencontrer sa famille. Maman, Papa et ses sœurs.

Hum, mais encore une fois, les voir chahuter risquerait de le faire fuir.

Mais qu'est-ce que je fais ? Elle envisageait de le présenter à sa famille. Euh Allô ? Il n'avait pas l'étoffe d'un petit ami. Pour coucher avec lui de temps en temps, oui, mais rien de permanent. Elle n'avait absolument pas envie de se poser et de faire des bébés. Contrairement à ses sœurs, elle ne s'extasiait pas à l'idée d'avoir des enfants.

Les enfants avaient toujours les pattes sales et laissaient des taches sur les vêtements. Ils avaient également besoin que l'on s'occupe constamment d'eux. Et ça, ça n'intéressait pas Stacey. Pas du tout.

Mais la plupart des hommes avaient envie de fonder une famille. D'avoir un héritage pour perpétuer leur nom. Quand elle leur exposait sa philosophie de vie, leurs relations durables prenaient alors un goût amer.

Profiter de la vie.

Voyager dans le monde entier. Veiller tard le soir.

Rentabiliser chaque journée. Éviter le soleil de midi. Ne pas acheter au rabais. Et pas d'enfants.

La plupart des hommes pouvaient très bien s'adapter à tous ces points, mais bizarrement, le dernier les repoussait vraiment.

Mieux vaut rester célibataire.

En restant célibataire, elle n'en avait alors rien à faire que ses ex-petits amis passent à autre chose avec une Sally Homemaker[1].

François était-il actuellement en train de passer à autre chose avec Jan ?

Rien qu'en y pensant, elle fit signe à un serveur de lui apporter un autre verre.

Quand le groupe d'aventuriers revint, elle était assise à l'ombre au bord de la piscine, bourrée et prenant des selfies qu'elle publiait et sur lesquels elle identifiait ses connasses de copines pour qu'elles soient jalouses de la savoir dans un hôtel de luxe pendant qu'elles étaient coincées à la maison. La vague de textos qu'elle reçut en retour, la plupart l'insultant avec jalousie, la fit sourire.

Une ombre massive surplomba soudain son corps recouvert de crème solaire. À cause de son tout petit bikini, sa peau avait besoin de beaucoup de protection.

Stacey releva ses lunettes de soleil pour mieux regarder François.

— Euh ton père il était vitrier ? lui dit-elle.

— C'est ça ta conception du travail ? De traîner au bord de la piscine ?

— Tu m'as dit de ne pas finir en prison. Alors c'est ce que je fais.

Elle vit ses lèvres tressauter. Elle en fut certaine.

— Je ne pensais pas que tu m'écouterais.

— Ta confiance en moi est impressionnante.

Oui, cette fois-ci elle perçut clairement un mouvement au niveau de sa bouche.

— J'ai surtout confiance en ta capacité à t'attirer des ennuis où que tu ailles.

Elle n'essaya même pas de retenir son rictus.

— C'est vrai. Ça rend la vie plus intéressante. Tu devrais essayer des fois.

— Les ennuis ce sont pour les amateurs de sensations fortes.

— C'est vrai. Et aussi pour ceux qui veulent vivre leur vie à fond au lieu de toujours jouer la sécurité.

— Prendre des risques peut être mortel.

Elle fut frappée par son sous-entendu.

— Mais ce n'est qu'en prenant des risques qu'on peut parfois découvrir de nouvelles choses excitantes.

— Et ces choses meurent en essayant.

Elle soutint son regard.

— Mais quelle belle façon de partir.

Secouant la tête, il détourna les yeux.

— À chaque fois que tu ouvres la bouche, tu me donnes une autre raison de garder mes distances avec toi.

— Menteur. À chaque fois que j'ouvre la bouche, tu te demandes si ça rentrera. Est-ce qu'elle crache ou elle avale ?

Ces mots provocateurs franchirent ses lèvres et elle ne put s'empêcher de rire alors qu'il prenait un air encore plus crispé.

Avec un léger regard enflammé.

— Ta bouche est sale.

— Je suis d'accord, je suis tellllement sale. Qu'est-ce que tu vas faire ? ronronna-t-elle. Me mettre sur tes genoux et me donner la fessée ? On ferait mieux de retourner dans la chambre pour ça.

— Tu ferais mieux de baisser la voix, grogna-t-il.

— Qu'ils aillent se faire voir, dit-elle d'une voix traînante, l'alcool la rendant audacieuse. Nous n'avons pas la même mère. C'est autorisé dans certains états.

Ils n'avaient également pas le même père, mais après sa remarque sur le fait de ne pas griller leur couverture, elle tint sa langue.

— Tu es saoule.

— Ouaip.

Elle leva son verre. Un verre vide.

— Ces cocktails sont putain de bons.

Presque forts pour des métamorphes. Il suffisait d'en boire quelques-uns et même elle se mettait à planer.

— Comment as-tu réussi à ne pas t'attirer d'ennuis aujourd'hui ? dit François en secouant la tête.

— J'ai été sage.

Si sage, car il lui avait promis qu'elle aurait une récompense.

— J'en doute.

Son scepticisme l'énerva et la fit suspecter quelque chose.

— Tu essaies de ne pas honorer notre pari en me traitant de menteuse ou quoi ?

— Je suis un homme de parole. Tu auras ce que je t'ai promis.

— On dirait que c'est une corvée pour toi, grommela-t-elle.

— Plutôt une déception.

— Parce que tu n'as pas envie de m'embrasser, dit-elle en faisant une moue triste.

Il s'accroupit près de sa chaise s'approcha assez près pour qu'elle soit la seule à l'entendre.

— Si, j'ai envie de t'embrasser. Mais pourquoi se contenter d'un simple baiser ? Tu vois, j'avais cru qu'en revenant je t'aurais trouvée en prison. Enfermée quelque part et ayant besoin d'être sauvée. J'avais un plan pour te sauver qui aurait pu rivaliser avec un western.

— Tu serais venu me sauver ?

— Oh oui, murmura-t-il en se penchant plus près. Je t'aurais sauvée et ensuite je t'aurais donné la fessée jusqu'à ce que ta peau soit toute rouge et que tu ne puisses plus t'asseoir pendant des jours.

Elle eut le souffle coupé.

— Merde, mon joli. Tu me fais regretter de ne pas avoir cédé à mes pulsions aujourd'hui. Maintenant que je sais ce que tu prépares, je ferai plus d'effort pour me faire arrêter la prochaine fois.

Il grogna.

Elle décida de l'interpréter comme un grognement du type « bordel-de-merde-qu'est-ce-que-tu-es-sexy ».

— Tu es insupportable, s'agaça-t-il en se relevant.

— Avoue-le, tu aimes qu'on te lance des défis.

— Si j'ai envie de relever des défis, je vais jouer aux échecs.

— C'est ennuyeux, chantonna-t-elle.

Mais ensuite, comme cela la perturbait, elle finit par faire une remarque sur son apparence négligée.

— C'est moi ou on dirait que tu t'es battu contre la jungle et que tu as perdu ?

Sa chemise était striée de saletés et autres substances et une éraflure lui écorchait la tempe.

— J'ai eu une petite mésaventure dans les bois, dit-il en feignant un faible sourire. Rien de grave. Mais j'aurais bien besoin d'une douche.

Il tourna les talons et s'en alla.

Comme la vue était très belle, elle fit glisser ses lunettes sur son nez et le regarda. Ce qui lui permit d'apercevoir Jan qui sortait du club-house en courant pour se diriger de l'autre côté de la piscine et engager la conversation avec Maurice.

Malheureusement, elle ne put comprendre ce qu'ils se disaient, mais elle remarqua la façon dont Maurice jeta un coup d'œil vers elle pour rapidement détourner le regard.

Des enfants qui cachaient des choses, comme c'était adorable. Elle se demanda alors ce qui avait bien pu se passer durant la visite du volcan.

Et, allô ? François n'a-t-il pas dit qu'il allait se doucher ? N'était-ce pas un langage codé pour lui demander de la rejoindre ? Dans tous les cas, un beau gosse tout nu n'était pas quelque chose qu'elle avait envie de rater. Rassemblant son baril de crème solaire, elle se fraya un chemin jusqu'à leur bâtiment, maudissant sa distance. Bon sang, ces Mais Tais[2] étaient vraiment bons.

Malgré ses nombreuses hésitations face à l'envie de faire une sieste dans l'herbe douce le long du chemin, elle arriva enfin à destination et son bâtiment jaune vif apparut dans son champ de vision. Elle repéra JF juste devant qui parlait à une fille. Une fille aux longs cheveux roux. *Qui n'est pas moi.*

La cliente de l'hôtel qui avait disparu, Shania, était de retour.

---

1. Femme au foyer
2. Nom de cocktail

CHAPITRE QUATORZE

— Bordel de merde, tu as retrouvé Shania !

Stacey s'approcha plus près et JF remarqua comment la femme se recroquevillait derrière lui, se protégeant derrière sa silhouette.

Ce qui fit grogner Stacey.

Intéressant. Percevait-elle Shania comme une menace ? Pourtant, il sentait que la jeune femme était assez discrète. Elle ne pouvait pas se transformer. Elle était mince, mais pas en grande forme physique. Qu'est-ce que Stacey voyait qu'il ne percevait pas ?

— Je ne l'ai pas vraiment trouvée, déclara François. Elle est juste venue se promener à côté du bâtiment.

Cela l'avait d'ailleurs pris par surprise étant donné qu'il était encore un peu confus après ce qu'il s'était passé cette après-midi.

J'ai perdu des heures entières. À cause d'une supposée chute. Sauf que cela lui paraissait étrange.

Que s'était-il passé ? La dernière chose dont il se souvenait, c'était des yeux brillants et pleins de malveillance qui se ruaient sur lui en sortant de la jungle puis louvoyaient sur la banquette du 4X4, Jan le maintenant contre la carlingue pour qu'il ne tombe pas.

Et à cause du flou qui régnait dans son esprit, il n'avait pas eu les idées claires quand Shania était apparue dans son champ de vision.

— Où étais-tu ? demanda Stacey d'un air insistant, la main posée sur la hanche.

Mais cela lui permit d'obtenir des informations.

Shania se redressa.

— Comment ça, où ? J'étais sur le complexe hôtelier.

— Non. Les gens t'ont cherchée.

— J'étais dans les bois. Je suis allée me promener, expliqua Shania en secouant la tête, sa confiance en elle revenant rapidement.

— C'était une sacrée longue promenade alors, rétorqua Stacey.

— Qu'est-ce que ça peut bien faire aux gens que j'aille me promener ? Et comment ça se fait qu'on m'ait cherchée ? D'habitude, je ne sors pas de ma chambre avant le milieu de l'après-midi.

JF remarqua qu'il y avait une confusion et intervint :

— Madame Korgunsen, est-ce que vous réalisez que vous êtes considérée comme disparue depuis plus de trois jours ?

— C'est pas possible. Arrêtez de vous foutre de moi ! Oui je suis sortie hier et j'ai rencontré un type dans les bois, et alors ? Je ne suis pas partie depuis des jours.

— Ne me dis pas que tu crois à cette histoire d'amnésie ? l'interrompit Stacey en ricanant. Elle sait très bien où elle était. Ne t'y méprends pas. Regarde-la.

Il le fit, remarquant ces choses qui l'avaient dérangé mais qu'il ne percevait que maintenant. Shania paraissait trop propre et saine. Elle n'avait clairement pas erré dans la jungle pendant des jours ni n'avait été kidnappée et maltraitée par un psychopathe.

— Donc tu reconnais avoir rencontré un gars ? Qui était-ce ? Quelqu'un de la station ? martela Stacey.

— Je..., commença Shania en fronçant les sourcils. Je ne suis sûre de rien actuellement. Mon esprit est si confus. La seule chose dont je me souviens c'est de courir dans les bois, mettant en scène un fantasme de ce type avec qui j'avais rendez-vous. Mais ensuite, un lion est arrivé. Sauf que ce n'était pas vraiment un lion.

— C'était un métamorphe ?

— Vous connaissez leur existence ? dit Shania en écarquillant les yeux.

Étant donné que son sens olfactif n'était pas vraiment développé, il ne pouvait pas lui en vouloir de ne pas avoir identifié ce qu'ils étaient. Il décida de prendre le rôle du gentil flic. Laissons Stacey être la méchante flic. Et c'était assez sexy quand elle devenait autoritaire.

Sa jalousie était également très mignonne, c'est pourquoi il décida de la titiller là-dessus. Il enroula un bras autour de Shania.

— Tu peux nous parler en toute sécurité. Nous savons que tu es une métamorphe passive. Tu peux tout nous dire.

Stacey plissa les yeux.

— La personne qui t'a enlevée était-elle un métamorphe ?

Shania haussa les épaules tout en avouant :

— Il m'a dit qu'il était un lion, mais je ne peux pas vraiment reconnaître quelqu'un à son odeur.

— Et l'odeur en question n'est plus d'actualité, murmura-t-il dans sa barbe.

Il y avait quelque chose dans l'odeur de Shania, ou

plutôt l'absence de quelque chose, qui le dérangeait. Elle sentait le savon et la lotion pour le corps. Et rien d'autre.

Personne d'autre.

Comment était-ce possible si elle avait passé plusieurs jours avec lui ?

— Qui était cet homme que tu as rejoint ? demanda Stacey.

— Je ne devrais pas le dire. Il travaille pour la station et je ne veux pas qu'il ait d'ennuis.

— Même s'il t'a peut-être fait du mal ? dit Stacey d'une voix aigüe. Mais qu'est-ce qui ne va pas chez toi ? On vient juste de te dire que tu as disparu pendant trois jours. Trois putain de jours, lâcha Stacey en montrant ses doigts. Et tu as peur qu'il se fasse virer ? Qu'est-ce que tu ne comprends pas dans « il faut le virer et l'arrêter s'il t'a kidnappée ? »

— Je n'ai pas été kidnappée.

— Alors, dis-le, insista Stacey. Dis, j'ai passé trois jours au lit avec...

Stacey agita la main en direction de Shania, l'encourageant à le dire.

Cette dernière secoua la tête.

— Je suis désolée, mais je ne crois pas avoir envie de vous parler, expliqua-t-elle en posant la main sur son front. Tout est si flou.

— Madame Korgusen !

Jan hurla son nom avec force alors qu'elle descendait le chemin bordé de végétation.

— Dieu merci vous êtes de retour.

Quelqu'un avait manifestement surveillé les caméras de surveillance disséminées dans la station pour l'avoir remarquée aussi rapidement.

— Nous étions si inquiets pour vous.

— Je crois que je vais vomir si elle continue d'être mielleuse comme ça, murmura Stacey.

— Ai-je vraiment disparu pendant plusieurs jours ? demanda Shania. Je ne me souviens de rien.

— Il y en a une qui s'est un peu trop amusée, la taquina Jan, enroulant un bras autour de Shania. Allons vous trouver quelque chose à manger. Peut-être qu'une boisson et un peu de nourriture vous aideront à vous remémorer votre petite aventure.

— Il faut qu'elle voie un docteur, déclara Stacey.

— Nous allons la faire examiner. N'ayez crainte. Le docteur de la station est le meilleur.

— Je devrais peut-être vous accompagner. Pour le soutien moral, proposa Stacey.

François faillit ricaner quand Stacey feignit d'être sincère.

— Vous voulez soutenir une femme que vous connaissez à peine ? dit Jan en clignant des yeux tandis que Stacey lui souriait.

— Toutes les femmes devraient être solidaires en cas de besoin.

Repliant les mains sur son ventre, Stacey tenta de paraître bienveillante.

— Ne vous inquiétez pas. Je vais m'assurer que nous prenons bien soin de Shania et que nous comprenions ce qui s'est passé. Ces maudits insectes dans la jungle peuvent provoquer de drôles de réactions physiques parfois, dit Jan en gloussant alors qu'elle emmenait Shania plus loin.

— Des insectes dans la jungle mon cul ouais, murmura Stacey en s'avançant pour les suivre.

JF l'attrapa par le bras pour l'arrêter.

— Où est-ce que tu vas ?

— Je les suis, rétorqua-t-elle en tirant pour se dégager de son emprise. J'ai encore des questions.

— Ils ne te laisseront pas entrer pour parler avec Shania. Tu es une cliente de l'hôtel, tu te souviens ? murmura-t-il.

— Il est peut-être temps que je leur révèle que je suis ici sur ordre d'Arik.

— Tu vas griller notre couverture.

Comme si elle n'avait pas déjà fait ça sur le patio. Soit les gens allaient finir par comprendre, soit ils allaient vraiment se poser des questions sur leur relation.

— Si je n'y vais pas, alors comment suggères-tu que je questionne Shania ?

— Oublie-la pour l'instant. Questionne-la plus tard quand ils l'auront relâchée. J'ai un meilleur plan.

— Et tu m'inclus dedans ? s'étonna-t-elle avec surprise.

— J'ai besoin de toi...

Dis-le. Dis que tu n'arrêtes pas de penser à elle. Si tu ne te lances pas, tes couilles finiront par tomber.

Au lieu de ça, il ignora sa bête plus passionnée et continua :

— ... pour que tu viennes avec moi visiter ce volcan. Ce soir.

Elle ne s'exclama pas avec excitation. Elle fronça plutôt le nez.

— Pourquoi irions-nous farfouiller autour d'un volcan endormi la nuit alors que nous avons un lit tout à fait confortable ?

Oh, ces choses qu'il était en train d'imaginer...

— Tu préfères dormir dans un lit plutôt que de partir à l'aventure ? Qui es-tu et qu'as-tu fait à ma princesse cinglée ?

N'était-ce pas elle qui avait toujours envie de vivre des aventures ?

— C'est justement parce que je suis une princesse que je te suggère qu'on se retrouve nus dans un lit plutôt que de nous promener dans la jungle la nuit. As-tu la moindre idée du nombre d'insectes qu'il y a dehors ?

— Je leur offrirai mon corps à la place du sien.

— Est-ce ta façon de me dire que tu as meilleur goût que moi ?

— Je doute qu'il existe quelque chose qui ait meilleur goût que toi.

Les mots lui échappèrent et il aurait aimé que quelqu'un le gifle.

C'est quoi ces conneries que je viens de débiter ?
La vérité.

— Tu dis des trucs qui me font mouiller ma culotte et après tu te demandes pourquoi je pense qu'on devrait aller au lit ?

— Je n'arrive pas à croire que tu laisses tomber notre mission pour du sexe.

Même si, à vrai dire, il ressentait la même chose. Il avait envie d'envoyer balader tout un tas d'autres trucs, comme les responsabilités et son caleçon.

— Pas juste pour du sexe. Pour une très bonne partie de jambes en l'air. Et de quelle mission tu parles exactement ?

Avait-elle déjà oublié ?

— Celle qui vient juste de partir.

— Tu veux dire la femme qui a probablement passé les derniers jours à faire travailler ses poumons et sa chatte ?

— Tu pars du principe qu'elle est partie à un rendez-vous galant. Mais elle ne se rappelle de rien.

— Ça, c'est ce qu'elle prétend. Ou peut-être qu'elle ne veut pas le dire.

— Je ne pense pas qu'elle mente, dit-il en les conduisant à leurs chambres.

— Moi non plus, mais le reste n'a aucun sens. Explique-moi comment Shania peut disparaître pendant des jours et revenir sans se souvenir de rien, à part un vague souvenir de course poursuite à travers les bois.

— Je ne peux pas l'expliquer.

— Parce que c'est impossible, à moins qu'elle n'ait été enlevée par des extra-terrestres, dit-elle en pivotant, les yeux écarquillés.

— Arrête, l'avertit-il.

— Mais...

Il leva le doigt pour la faire taire.

— Elle ne s'est pas fait kidnapper par des extra-terrestres.

Elle prit une mine déconfite.

— Rabat-joie. Ç'aurait été une explication super cool.

— Je préfère une explication correcte. Peut-être que Shania se fera examiner par un médecin et qu'il y aura alors une explication.

— Comme quoi ? D'après ce que j'ai vu, elle n'avait aucune contusion ni égratignure. Aucun signe de malnutrition. Il semble qu'elle soit revenue dans le même état qu'à son départ, mais sans se souvenir de rien.

— Elle a peut-être été droguée.

Peut-être par la même substance que celle qui lui avait fait oublier une bonne partie de l'après-midi.

— Une drogue pour lui faire oublier une incroyable partie de baise ? Tu dis n'importe quoi, mon joli.

— Peut-être que le sexe n'était pas si mémorable, remarqua-t-il.

— Ce qui évidemment, t'exclut comme suspect, dit-elle en lui faisant un clin d'œil. Je doute que l'on puisse t'oublier.

— Comment pourrais-tu me considérer comme suspect ? Je suis arrivé sur l'île en même temps que toi.

— À moins que tu ne sois venu ici en vacances de temps en temps pendant quelques jours, kidnappant des femmes pour coucher avec elles de façon torride, puis les abandonnant sans qu'elles ne se souviennent de rien, leur évitant d'être traumatisées par le fait qu'elles ne chevaucheront plus jamais ta grosse bite ?

— Tu ressembles à une dame, commença-t-il en la regardant de haut en bas, le paréo en soie enroulé autour de son corps, ses épaules nues et tentantes. Parfois, tu parles même comme une dame. Et ensuite, tu dis des choses répugnantes.

— Ça paraît seulement répugnant à cause de mon apparence. Je parie que si certaines de mes connasses de copines disaient les mêmes choses, tu ne sourcillerais même pas.

— Est-ce que tu me suggères de passer du temps avec une autre femme pour vérifier ta théorie ? dit-il en titillant son côté jaloux.

Elle se redressa et plissa les yeux.

— Je vois très bien ce que tu fais, mon joli. Tu essaies juste de changer de sujet. Mais je vais t'expliquer un truc. Une lionne peut toujours être multitâche. Par exemple, il y a quelques années, Luna participait à un concours d'alcool dans un bar au Texas et un type a essayé de lui peloter les seins pendant qu'elle buvait des shooters. Elle lui a cassé la main et a quand même réussi à gagner le pari. J'ai perdu une précieuse paire de bottes cow-boy ce jour-là, mais j'ai retenu la leçon.

Il savait qu'il ne valait mieux pas, mais il lui demanda quand même :

— Quelle leçon ?

—Qu'il ne faut pas se lancer dans un concours d'alcool avec Luna.

Arrivant à la porte de sa chambre, alors qu'elle levait le bras pour les faire entrer, il se faufila devant elle pour passer en premier.

— S'ils avaient voulu me kidnapper, ils auraient attaqué cette après-midi pendant que tu n'étais pas là, remarqua-t-elle en le dépassant. Et je doute fortement que celui qui a enlevé et relâché Shania kidnappe quelqu'un d'autre aussi tôt.

— Je rêve ou tu viens d'utiliser la logique, princesse ?

Elle lui adressa un sourire.

— Je ne suis pas juste belle, mon joli.

— Alors, sers-toi de cette intelligence pour me dire ce qui, à ton avis, est arrivé à Shania.

— Je dirais que c'est le principe du rasoir d'Occam[1].

— Et quelle est l'explication la plus plausible selon toi ?

— Moi je dis qu'elle ment. Si ça se trouve, elle a passé plusieurs jours en compagnie d'un homme marié qui ne veut pas que sa femme l'apprenne.

— Et cette spéculation est-elle basée sur un fait en particulier ? dit-il en claquant des doigts. As-tu craqué son téléphone ?

— Quel téléphone ?

— Celui que tu as volé dans sa chambre.

— Ouais, justement à ce propos, commença Stacey en enlevant ses sandales. Disons qu'on me l'a volé dans ma chambre le premier soir où nous sommes allés dîner.

Son visage se raidit.

— Comment ça ? Quelqu'un est entré dans ta chambre, t'a volé quelque chose et tu n'as pas pensé à me le dire ?

— Si je te l'avais dit, j'aurais eu droit à un sermon. Et ce n'est pas comme si je pouvais dire à la direction que le téléphone que j'ai emprunté a été volé.

Il croisa les bras, se renfrogna, mais parvint à ne pas taper du pied.

— C'est le genre de choses que j'ai besoin de savoir, princesse.

— Je te le dis là, non ?

Il lui jeta un regard noir.

Cela ne la fit pas du tout se repentir.

Stacey enleva son paréo et se rendit dans la salle de bains pour prendre une douche.

Il serait bien parti, mais elle continuait de lui parler.

— Il faut qu'on parle de Shania et du mari qui l'a droguée pour coucher avec elle ! cria-t-elle en ayant laissé la porte ouverte.

— Encore une fois, tu ne sais pas si c'est vraiment ce qu'il s'est passé.

Elle ressortit, son corps mis en avant dans son tout petit bikini.

— Je t'ai exposé une théorie tout à fait plausible. Quelle est la tienne ? Je peux te dire ce qui ne lui est pas arrivé. Elle n'a pas été vendue au marché noir, expliqua Stacey en comptant sur ses doigts. Elle n'a pas été violentée ni maltraitée. Elle a encore tous ses membres. Alors, pourquoi la kidnapper ?

— C'est ce que nous devons découvrir et je pense que nous trouverons ces réponses en allant au volcan.

Et découvrir ce qui lui était arrivé pendant sa perte de connaissance.

— Qu'est-ce qui te fait croire qu'un volcan pourrait avoir des réponses ? As-tu trouvé quelque chose ?

L'aventurière en elle se réveilla soudain.

— Un ancien temple ? Un cimetière d'ossements ?

— Un papier de chewing-gum.

Elle cligna des yeux.

— Es-tu en train de me dire qu'à cause de quelques détritus, tu veux partir randonner dans le noir ? Tu t'es fait mordre par un truc dans les bois aujourd'hui ou quoi ?

Bizarrement, il porta la main à son cou.

— Ils les élèvent en masse ici.

— Exactement et pourtant tu veux envoyer mon corps délicieux dans leur repère, là où les moustiques sont les plus actifs, dit-elle en secouant la tête. Tu réalises quand même que le bar sert des margaritas aussi grandes que des bocaux à poissons. J'en boirai bien quelques-unes, vu que tu refuses de m'en offrir, lança-t-elle avec un regard appuyé.

Justement, il voulait trop lui en donner. C'était bien ça le problème.

Il chassa ses pensées dangereuses de son esprit.

— Il y avait plus qu'un simple papier de chewing-gum là-bas. Il se passe quelque chose autour du volcan. Tu aurais dû le sentir.

— Comment veux-tu que je sente autre chose que le parfum de Jan ?

Elle n'avait pas tort étant donné que le parfum de Jan irritait la membrane de son nez et lui tapait sur les nerfs.

— Il ne s'agit pas de Jan, là. Ignore-la.

— Pourquoi devrais-je puisque toi tu ne le fais pas ?

— Tu comptes sérieusement me faire une crise de jalousie là ?

Parce que c'était totalement sexy quand elle le faisait.

Il n'aurait pas dû aimer ça. Sérieusement. La dernière chose dont il avait besoin c'était d'une lionne jalouse qui foutait la merde.

Mais quand c'était Stacey...

— Ce n'est pas de la jalousie, dit-elle en faisant la moue.

Si, totalement.

Étrangement, cela le poussa à admettre quelque chose.

— Jan ne m'intéresse pas du tout.

— Pourtant tu reviens en sentant son parfum. D'ailleurs qu'est-ce que ça pue, c'est choquant.

Elle renifla et secoua la tête, faisant onduler sa chevelure.

— Est-ce que tu arrêteras de pleurnicher si je te dis que je préfèrerais sentir ton odeur ?

Elle mit un moment à comprendre ce qu'il venait de dire. Quand ce fut le cas, elle sourit. Un sourire aussi rayonnant qu'un soleil et il resta cloué sur place.

— À vrai dire, je me sentirais même mieux si tu portais mon odeur. Merci de le proposer.

Puis, elle se jeta sur lui.

Il la rattrapa, plus parce qu'il ressentait le besoin de la tenir que par réflexe, et la tint avec facilité.

— Sérieusement ? demanda-t-il alors qu'elle frottait sa joue contre la sienne.

— Oui. Tu as dit que je pouvais te marquer avec mon odeur. Alors, tais-toi une seconde pendant que je termine.

— C'est pour ça que je ne fréquente pas de chats ou d'autres animaux domestiques, grogna-t-il.

— Admets-le, tu meurs d'envie de me caresser et de me faire ronronner.

— Les lions ne ronronnent pas.

— Tu es sûr de ça ? Tu devrais essayer.

Il en avait envie.

— On n'a pas le temps pour ça, princesse.

Avec un soupir, elle s'écarta et son sourire suffisant indiquait combien elle était heureuse d'avoir encore gagné.

Il portait son odeur. Voyant soudain qu'elle fronçait les sourcils, il fit l'erreur de lui demander :

— Qu'est-ce qui ne va pas ?

— Il me semble que tu ne nous as pas déshabillés pour frotter ton odeur contre moi.

— Si une femme est à moi, elle n'a pas besoin de porter mon odeur pour le savoir.

Il se détourna et se dirigea vers la cloison qui séparait leurs chambres.

— On doit vraiment aller au volcan ce soir ?

— Oui. Parce que le papier de chewing-gum et l'odeur ne sont pas les seuls trucs qui clochent dans cet endroit. J'ai aussi perdu du temps, lui avoua-t-il, tout en sachant que ça lui ferait penser à autre chose que cette chaleur qui grésillait entre eux.

Sauf qu'elle ne saisit pas ce qu'il voulait dire.

— Oui, tu as perdu du temps en faisant cette expédition débile. Au lieu de rester ici pour m'aider à trouver qui pouvait avoir des informations sur la disparition de Shania.

— Non, je veux dire que j'ai perdu du temps parce que d'un coup, alors que je faisais face à un sanglier qui me chargeait...

— Tu en as ramené un peu pour qu'on le partage ? Le gibier c'est ce qu'il y a de meilleur.

— Non, parce que je me suis évanoui.

Elle se figea.

— Attends, je rêve ou tu viens de dire que tu t'es évanoui ? Il était si gros et effrayant que ça ?

— Non. Je me suis évanoui parce que quelque chose m'a piqué.

— Je savais que ces insectes de la jungle étaient vicieux.

— Je ne pense pas que c'était un insecte. Quelque chose m'a mordu là, expliqua-t-il en désignant son cou, et là.

Cette fois-ci, il pointa ses fesses du doigt.

Elle se pencha plus près pour observer sa peau.

— Je ne vois rien sur ton cou. Baisse ton pantalon et penche-toi en avant pour que je puisse regarder tes fesses.

Un ordre culotté auquel il ne comptait pas obéir.

— Il n'y a rien à voir. La piqûre a forcément cicatrisé depuis.

— Qu'est-ce que c'était à ton avis ? Une araignée ? Un moustique ? Un extra-terrestre avec une aiguille au bout du bras ?

— Une fléchette.

— Attends une seconde. Tu penses que quelqu'un t'a piqué avec une fléchette ? Et que tu t'es évanoui ? demanda-t-elle d'un air perplexe.

— Ouais. Moi non plus je n'en reviens pas. Ça devait être quelque chose de nouveau sur le marché parce que généralement je suis bien plus résistant à ces merdes.

Elle secoua la tête.

— C'est ça ton excuse pour ne pas dire ce que tu as fait avec Jan cette après-midi ? Reprendre l'histoire bidon de Shania et t'en servir comme couverture au lieu de me dire la vérité ?

Comment avait-elle pu à nouveau orienter le sujet sur Jan ?

— C'est la vérité.

— D'après toi. Pourquoi devrais-je croire un mot de ce que tu dis ?

— Pourquoi mentirais-je ?

— Je ne sais pas. Tu as l'air de penser que je me fous constamment de toi, tout ça parce qu'une nana te l'a mise à l'envers il y a très longtemps.

— Elle a essayé de me tuer.

— Oh là, là, tu vas nous sortir les violons aussi ? Tu sais combien de personnes ont essayé de me tuer ? Ce n'est pas facile d'être aussi belle, dit-elle en secouant ses cheveux.

Ses lèvres tressautèrent.

— Je sais ce que tu essaies de faire.

Effectivement, il le savait. Elle essayait de lui prouver qu'ils étaient obligés de se croire sur parole.

— Quoi ? De te montrer à quel point tu es un crétin ? Bon sang, ce n'était pas trop difficile. Le fait est, mon joli, que tu as eu une mauvaise expérience à cause d'une tarée. Je comprends que tu puisses avoir la trouille, mais à un moment donné, tu sais et je sais que tu sais, que nous ne sommes pas toutes, ni même la plupart d'entre nous, des meurtrières psychopathes, merde.

— Je n'en sais rien. J'ai déjà rencontré les filles du clan et il y en a plus d'une qui a un pète au casque.

— Ça fait partie de notre charme, mais ça ne nous rend pas indignes de confiance. Il faut que tu te détaches de ta peur.

— Je n'ai pas peur, rétorqua-t-il sans pouvoir s'empêcher de se raidir.

— Ah oui ?

Elle fit un pas en avant. JF frissonna, se penchant légèrement en arrière.

— Je ne vais pas te faire de mal.

— Et si j'avais plutôt peur de l'inverse ?

Stacey était une force de la nature. Si elle s'approchait trop près, il risquait de se laisser submerger par ses émotions.

— Tu crois que tu peux me faire mal ? rigola-t-elle. C'est mignon, mon joli.

— Tu ne comprends pas ce qui sommeille en moi. Le monstre que je cache.

La bête qui pulsait et le suppliait de pouvoir la goûter à nouveau.

— Tu n'es pas plus un monstre que moi. Tu devrais me

voir quand j'ai mes règles et que quelqu'un mange le dernier morceau de chocolat.

Il lui jeta un regard sévère.

Apparemment, on l'avait regardée ainsi de nombreuses fois dans sa vie, car cela n'eut aucun effet sur elle.

— Ce n'est pas une blague, gronda-t-il.

— Tu es bien trop sérieux. Détends-toi. Tout n'est pas toujours noir.

— C'est impossible d'avoir une conversation avec toi. Et nous nous sommes totalement éloignés du sujet. T'es dans le coup pour le volcan ou pas ?

Dans le coup. Dans le coup. Putain, il voulait tirer son coup.

— Je suis totalement partante si tu me promets d'écraser tous les insectes qu'on croisera.

— Je les tuerai.

Tout ce qui la menacerait.

— Et toi, que feras-tu pour moi ? demanda-t-il.

— Je me ferais jolie pendant que tu t'en occuperas ? dit-elle en souriant.

JF secoua la tête et soupira.

— Je suis vraiment un putain d'abruti d'avoir même envisagé de t'emmener avec moi.

— Pourquoi ? Pourquoi n'es-tu pas parti sans même me prévenir ? demanda-t-elle en penchant la tête sur le côté, attendant sa réponse.

— Parce que même si comme ça tu as l'air d'une peureuse, je sais que tu es bonne au combat.

— Comment tu sais ça ?

— J'ai déjà vu les lionnes se battre.

— Je suis meilleure qu'elles, lui confia-t-elle. Juste pour que tu le saches.

Bien meilleure, sinon il ne l'aurait jamais remarquée.

— Nous allons devoir attendre que la nuit tombe pour ne pas que l'on nous voie.

— Oh, mon Dieu, qu'allons-nous faire en attendant ? dit-elle en battant des cils.

Il connaissait ce regard.

Il avait envie de l'explorer. Mais étant bêtement têtu, il se détourna, disant :

— Je vais aller chercher ce dont nous pourrions avoir besoin et je vais nous commander à manger.

Il ne s'attendait pas à ce qu'elle lui envoie sa chaussure en pleine tête. Il se figea mais ne se retourna pas, alors elle lui lança une autre sandale et cette fois-ci, celle-ci heurta ses fesses.

Cela attira son attention.

Il se retourna et ne dit pas un mot mais s'avança vers elle, l'attrapa par le bras et lui dit :

— Pourquoi as-tu constamment besoin de me provoquer ?

— Parce que.

— Parce que n'est pas une réponse ! rugit-il. Pourquoi cherches-tu tout le temps à me contrarier ?

— Parce que c'est drôle.

— Pour toi peut-être. Mais tu me rends fou, souffla-t-il, complètement tendu.

La bête en lui pulsait.

Prends-la. Revendique-la.

Il lutta contre la bête.

Et elle la titilla à nouveau.

---

1. Principe de raisonnement philosophique rationnel

CHAPITRE QUINZE

— Il était temps que tu sortes de tes gonds, dit-elle en promenant ses doigts le long de son torse, traçant la couture des boutons de sa chemise.

— Tu ne sais pas ce que tu fais.

— Je libère la passion qu'il y a en toi, mon joli.,

Une passion qu'elle désirait.

— Ma passion risque de te tuer.

— Tout un tas de choses pourraient me tuer. Et si ça doit avoir lieu pendant qu'on fait l'amour, le genre qui m'emmène vers l'extase, alors ainsi soit-il.

— Tu ne t'es jamais dit que j'étais peut-être nul au lit ?

Quel mensonge grossier. Cet homme n'était que sex appeal et elle avait envie d'y goûter.

Elle rigola.

— Vu l'effet que tu me fais, tu pourrais me souffler sur la chatte que je jouirais.

Un frisson le parcourut et il s'écarta.

— Laisse-moi tranquille.

— Tu as peur de faire l'amour ?

— Pas habituellement, avoua-t-il à contrecœur.

— Donc tu crois que coucher avec moi va te faire péter les plombs ? Est-ce que tu réalises à quel point c'est sexy, mon joli ?

Elle l'attrapa par la chemise et l'attira plus près.

— Ne t'inquiète pas. Je vais t'aider à ne plus avoir peur.

— Comment ?

— En faisant l'amour avec toi de façon satisfaisante, avec extase et en hurlant.

C'était assez audacieux de sa part, mais une fois de plus, cela ne servait à rien d'être subtile avec lui. Cet homme semblait totalement déterminé à se renfermer sur lui-même. Dommage, parce qu'elle avait bien envie d'entrer.

— Une femme ne devrait pas quémander qu'on couche avec elle.

— C'est vrai. Je ne devrais pas, et pourtant je le fais, parce que j'ai affaire à l'homme le plus têtu du monde. Nous avons besoin de ça, mon joli.

Elle pencha la tête en arrière et se mit sur la pointe des pieds pour pouvoir lui mordre le menton.

— Nous sommes tous les deux si tendus qu'on ne serait pas bons sur le terrain. Vois-le comme un moyen de relâcher la pression. Sers-toi de moi pour satisfaire tes besoins.

— Certains de mes besoins sont sombres et dangereux.

— Je sais et je trouve que le fait que tu aies peur de perdre le contrôle avec moi parce que je suis incroyable est la chose la plus sexy au monde.

Et voilà que son adorable tic reprenait.

— Je peux me contrôler.

— Prouve-le.

— Tu n'arrêteras pas n'est-ce pas ?

— Pas tant que tu ne m'auras pas fait jouir assez fort pour que je voie des petits points blancs.

Avec un gémissement, il succomba enfin.

Il l'attira dans ses bras et pencha la tête pour revendiquer ses lèvres, la marquant avec la force de son étreinte. Il ne pouvait pas cacher cette avidité en lui et l'excitation qu'éprouvait Stacey refusait d'être ignorée. Il lui fit ouvrir la bouche, taquinant sa lèvre inférieure entre les siennes, la faisant fondre de l'intérieur.

Avec ce désir qui pulsait en elle, elle se pencha vers lui, se pressant contre son corps dur. Elle enroula les bras autour de lui, le serrant fermement, adorant sentir sa force solide.

Il pressa brutalement ses lèvres contre les siennes, un marquage profond qu'elle lui rendit. Une partie d'elle, une partie assez bruyante, avait envie de revendiquer ce mâle, de l'imprégner de son essence pour que tout le monde le voie.

Le monde a besoin de voir qu'il est à moi. Plus elle apprenait à le connaître, plus elle était possessive.

Étant donné qu'elle obtenait enfin ce qu'elle voulait de lui, elle ne put s'empêcher de le caresser alors qu'ils s'embrassaient, ses mains effleurant le tissu de sa chemise, explorant ses reliefs durs, attrapant son cul ferme.

Elle glissa ses mains sous sa ceinture pour saisir ses fesses. Elle y enfonça ses ongles et il grogna. Tellement sexy. Elle le serra et grogna à son tour. Et le son lui fit de l'effet.

Il accentua son désir et son côté sauvage.

En la hissant plus haut, leur étreinte prit un nouvel angle. Elle n'eut plus besoin de tendre le cou pour l'embrasser, ce qui était une bonne chose, car ses jambes ne lui servaient plus à rien. Le feu la consumait, enflammant toutes ses terminaisons nerveuses, la faisant brûler de l'intérieur. Et elle en redemandait. Il glissa une langue mouillée à travers sa bouche ouverte pour se frotter contre la sienne et elle l'aspira, le goûtant enfin vraiment. Elle mourrait d'envie de le savourer, plus que n'importe quel chocolat qu'elle eut jamais mangé.

Les couches de vêtements qui séparaient leurs corps l'irritèrent. Le tissu n'avait-il pas compris que cet instant appelait la nudité ? L'ayant déjà hissée vers le haut, il fut facile pour lui de marcher jusqu'à ce que le dos de Stacey heurte le mur, la soutenant partiellement et donnant à JF la possibilité de frotter son bassin contre le sien. La dureté de la pierre rencontra la douceur et l'humidité. Il se frotta et elle gémit face à cette friction délicieuse.

— Déshabille-moi, murmura-t-elle. Je veux sentir ta peau contre la mienne.

Elle sentait que François luttait pour garder le contrôle. Ne comprenait-il pas qu'elle voulait qu'il soit déchaîné ? Elle était capable d'y faire face. De gérer cette passion qu'il essayait de garder enfouie.

Ses cuisses légères s'enroulèrent autour de sa taille, le gardant coincé contre son corps. Le bas de son bikini frottait contre sa chair sensible.

Il dut lire dans son esprit, car il résolut ce problème en tirant sur ses doigts pour déchirer la couture, transformant son bas de maillot en morceau de tissu. Il l'arracha et le jeta sur le côté. La mettant à nue, la regardant avec avidité.

Avec son dos toujours plaqué contre le mur, il promena ses doigts le long de son bas-ventre, taquinant la courte toison qui recouvrait son sexe avant de descendre plus bas, la faisant gémir.

— T'es mouillée, dit-il d'une voix bourrue.

Non, sans blague. Elle était mouillée depuis le moment où elle l'avait rencontré.

— Goûte-moi.

Elle avait totalement envie de sentir sa bouche contre

elle, lapant sa crème. Elle enleva ses jambes autour de sa taille et se remit sur la pointe des pieds.

— Mets-toi à genoux. Vénère-moi.

Il gémit.

— Ne me fais pas attendre. Lèche-moi. Maintenant.

Un commandement impérial et pourtant, il murmura :

— À vos ordres, princesse.

Il glissa vers le bas, la maintenant droite en se mettant à genoux.

Il se plaça entre ses jambes, les poussant sur ses épaules, la soutenant pour ne pas qu'elle tombe et positionna sa bouche devant son sexe. Il souffla dessus, un souffle froid contre son entre-jambes humide.

Ce fut au tour de Stacey de gémir.

— Ne me taquine pas.

— Je ferai ce que je veux de toi, putain, grogna-t-il.

Ses paroles la firent frissonner. Elle y sentit une certaine avidité. Une possessivité.

Le mouvement de sa langue contre ses lèvres inférieures la fit gémir. Il la lécha à nouveau, encore et encore, sa langue chaude taquinant sa chair, l'écartant pour qu'il puisse laper son miel.

Elle s'accrocha à sa tête, ne voulant pas qu'il bouge. C'était si bon. Si délicieusement érotique. Il trouva son clitoris et s'en occupa, tirant dessus avec ses lèvres, le chatouillant avec sa langue. L'aspirant pour qu'elle palpite de désir.

— Baise-moi, dit-elle dans un faible murmure. Je veux te sentir en moi quand je jouirai.

— Mais moi je veux que tu jouisses sur ma langue, rétorqua-t-il contre son sexe, la vibration de ses mots contre elle la chatouillant.

Il commença alors à vraiment la lécher. Poussant sa

langue contre elle, mordillant son clitoris. La rendant folle, tellement folle, qu'elle jouit, un cri aigu franchit ses lèvres alors qu'il provoquait en elle un orgasme provenant de sa chair.

— Et maintenant, je vais te baiser, grogna-t-il avant de se lever.

La tenant en l'air à l'aide d'un seul bras, il se servit de l'autre pour déboutonner sa braguette de son jean. Sa bite jaillit et gifla sa chair humide et palpitante.

Cet idiot se mit à la titiller, frottant le bout épais de son sexe contre sa fente mouillée.

— Maintenant, exigea-t-elle, se penchant en avant pour mordiller sa lèvre inférieure.

— Je te baiserai quand je serai prêt, femme.

Il la taquina un peu plus, frottant son clitoris sensible, ravivant cette passion haletante qui la faisait gémir et se tortiller contre lui.

Sans prévenir, il se glissa soudain entre son sexe douillet et elle cria alors qu'il la remplissait. Il la remplit et l'étira comme il fallait.

Voulant le garder près d'elle, elle l'attrapa fermement avec ses bras et ses jambes. Il la martela, se retirant et s'enfonçant à nouveau, encore et encore. À cause du mouvement, elle ne pouvait pas l'embrasser en continu alors elle se contenta de sucer et de mordre la peau de son cou.

— Si tu ne t'arrêtes pas…

Il ne termina pas sa phrase, mais elle savait qu'il était proche, près de perdre le contrôle.

Tant mieux.

Elle le mordit et François renversa la tête en arrière. Les tendons de son cou se gonflèrent et elle les lécha tout en se collant à lui. Avec le dos de Stacey plaqué contre le mur, ses mains tenant ses fesses, il la pénétra.

Vite et fort, enfonçant sa bite d'avant en arrière, lui arrachant plusieurs cris.

Sa chair, si récemment rassasiée, s'enflamma à nouveau et son second orgasme fut tout proche. Il changea d'angle et elle laissa échapper un cri aigu quand il trouva son point G et le caressa, encore et encore. Il le martela. L'écrasa. Stacey enfonça les doigts dans son dos.

C'était trop. Elle jouit à nouveau, convulsant et hurlant, sa chair palpitant autour de sa bite.

Le corps entier de François se tendit et quand sa bouche trouva le creux de son cou et de son épaule, il émit un son puissant contre sa peau, les pointes acérées de ses dents la pincèrent, mais elle ne s'en soucia pas alors qu'il la pénétrait une dernière fois. S'enfonçant profondément. Pulsant. La marquant enfin avec sa semence.

Elle le sentit sucer son cou, la peau légèrement meurtrie mais pas entaillée. Il se retira avec un gémissement.

Elle plaqua une main sur sa bouche avant qu'il ne puisse parler.

— Si tu oses me dire qu'on n'aurait pas dû faire ça, je te donne un coup de pied dans les couilles.

— Ce n'est pas digne d'une dame, marmonna-t-il entre ses doigts.

— N'as-tu donc toujours pas saisi que ce n'est qu'en public que je me comporte comme une dame ? dit-elle avec un sourire.

Il prit plaisir à transformer ce sourire en étonnement.

— Tu devrais essayer d'agir comme une dame en privé aussi. Les hommes aiment bien les défis.

— Est-ce ta façon, peu subtile, de me faire changer pour que je ne me jette pas sur toi ?

— C'est plutôt ma façon, pas si subtile, de te rendre inaccessible pour que je puisse avoir le plaisir de te séduire.

— Tu as envie de me séduire ?

Le simple fait de l'avoir dit était une séduction en soi.

Il l'attira plus près, ses lèvres touchant presque les siennes.

— J'ai envie de te faire tellement de choses. Des choses qui te feraient crier. De te procurer un plaisir tellement torride que tu me grifferais le dos.

— Ce n'est pas justement ce qu'il vient de se passer ?

— Imagine-le, mais avec encore plus d'intensité.

— Et si tu me montrais plutôt ?

— Non. Nous n'avons pas le temps, chuchota-t-il contre ses lèvres avant de s'éloigner d'elle.

Était-il sérieusement sur le point de s'en aller ?

— Reviens ici, lui ordonna-t-elle.

— La nuit approche. Tu es prête à partir ?

— Pas vraiment.

Sa chatte lui grogna qu'il était un sacré allumeur. Au fond, elle ronronnait presque d'excitation, car il avait presque admis qu'il était épris d'elle. Et pourtant, il voulait quand même aller jouer à Tarzan dans la jungle.

— Si tu veux rester ici, vas-y. Mais moi je retourne au volcan.

— Non, c'est bon, je viens.

Pas dans le sens érotique, mais elle ne comptait pas le laisser y aller seul.

— Mais ne t'attends pas à ce que je passe un bon moment. C'est pas toi qui vas devoir courir dans la jungle en évitant les pièges.

— Qui a parlé de courir, princesse ? Et si je te disais qu'on pouvait voler ?

— Comment ? Tu as loué un hélicoptère ?

— Pourquoi est-ce que je ferais ça, bordel ? Mes ailes ne sont pas là pour faire joli.

— Au cas où tu ne l'aies pas remarqué, je n'en ai aucune.
— Je te porterai.
Son visage s'éclaircit.
— Me porter ?

Elle eut du mal à contenir sa joie, c'est pourquoi le départ fut retardé. Elle se jeta sur lui et le chevaucha comme une cow-girl qui voulait la première place. Puis ils perdirent un peu plus de temps en se lavant. Durant cette exploration savonneuse, il lui rappela quelques règles.

— Règle numéro un : ne pas te mettre en travers de mes ailes, à moins que tu n'aies envie de te faire écrabouiller.

— Ça veut dire que je n'ai pas le droit de te chevaucher comme un dragon ? Et si j'ai envie de réveiller la Daenerys qui est en moi ?

— Je ne sais pas du tout ce que ça veut dire, mais je suis assez certain que dans tous les cas, la réponse est non. Soit, je te porte, soit tu marches. Ce qui nous amène à la règle numéro deux : tu n'as pas le droit de me déconcentrer.

— Qui, moi ? s'étonna-t-elle en se pointant du doigt, prenant un air faussement innocent.

Elle fit de son mieux, mais échoua.

Croisant d'abord les bras, il la regarda d'un air sévère.

— Oui, toi. Pas de bisous, de coup de langue, de caresse ou de cris perçants en vol.

— Donc, juste pour être claire, pas de 69 aérien ?
— Hum.

Il loucha un moment et elle le laissa faire. Après tout, elle savait à quoi il pensait, avec sa semi-érection qui pointait vers elle sous la douche. Le long membre couvert de mousse indiqua à quoi il pensait.

— Non. Tu vois, c'est de ça que je parle quand je dis que tu ne dois pas me déconcentrer, dit-il en se libérant de ce fantasme qui le secouait.

— Eh bien, ce n'est pas drôle. Est-ce que ça veut dire qu'on ne fera jamais de galipettes dans les nuages ?

— Princesse, ce n'est pas le moment d'avoir cette discussion.

— Très bien. Mais je tiens à préciser que si je me retrouve accidentellement avec mon entre-jambes sur ton visage et ta bite dans ma bouche, ce sera de ta faute car tu n'auras pas voulu en parler plus longuement avec moi quand tu en avais l'occasion. Ai-je mentionné à quel point j'étais douée pour le sexe oral ?

Cette annonce leur fit perdre encore cinq minutes dans la douche, car cet homme faisait preuve d'une sacrée endurance.

Afin de s'assurer qu'il n'y aurait pas d'autres distractions après ça, il renvoya Stacey dans sa chambre.

— Ne reviens pas tant que tu n'auras pas enfilé de foutus vêtements, femme.

Comme son corps semblait enfin rassasié pour le moment, elle l'autorisa à lui donner cet ordre. Et puis, c'était enfin l'occasion parfaite de revêtir sa tenue spécialement conçue pour un trek dans la jungle.

Les yeux de François sortirent de leur orbite quand il vit la tenue en question et il lui demanda :

— Mais qu'est-ce que tu portes, putain ?

Elle tournoya pour lui montrer son ensemble.

— Ça te plaît ? J'ai fait reprendre le modèle original pour qu'il me convienne mieux si jamais je dois me transformer.

— C'est un putain de costume de super héros.

Oh que oui. Collants, body, moulant évidemment pour mettre en valeur ses courbes. Un énorme M inscrit devant, pour Magnifique, scintillait. Elle avait opté pour une cape courte, même si le film *Les Indestructibles* avait averti sur les dangers de celle-ci. Elle s'assurerait de rester à l'écart de tout réacteur d'avion.

— Ne sois pas jaloux, mon joli. Quand on rentrera à la maison, je t'en ferai fabriquer un pour que tu sois mon assistant.

Il leva les sourcils.

— Oh, certainement pas princesse. Je ne suis pas ton assistant. Et je ne veux pas de costume, dit-il en croisant les bras.

— Tu as raison. Le costume ne ferait que cacher ce corps incroyable.

Mais elle réalisa que s'il se baladait à moitié nu, les autres connasses en profiteraient pour se rincer l'œil. Elle savait comment résoudre ce problème. Autant faire du profit en achetant des actions dans une entreprise de cache-œil. Car il y aurait des coquards.

— Enlève ce costume ridicule.

— Tu veux que je sois à nouveau nue ? Si tu insistes, mon joli.

Alors qu'elle était sur le point de se déshabiller, il gémit.

— Arrête. Garde-le.

— Garde-le, enlève-le. Décide-toi ! grommela-t-elle, mais elle fut secrètement contente de pouvoir le garder.

Elle avait amélioré son costume de super-héroïne depuis la bataille de zombies au cimetière. Le costume avait désormais un tissu plus extensible avec un rabat spécial pour une queue. Ce qui voulait dire qu'elle pouvait se transformer sans perdre ses vêtements et mieux encore, si elle se retransformait en humaine, le tissu rétrécirait aussi et elle garderait son costume au lieu de se retrouver nue. Merci aux gars du laboratoire secret qu'elle ne pouvait pas nommer.

— Viens ici, dit-il en lui pointant du doigt un emplacement juste devant lui.

Elle s'exécuta.

Il la prit immédiatement dans ses bras et elle eut à peine le temps de se mordre la langue pour ne pas crier : « Hiii ! » avant qu'il ne coure vers la baie vitrée ouverte. D'un seul bond, il sauta sur le rebord du balcon et s'élança dans les airs.

C'était putain d'incroyable, et c'est pour cela qu'elle sortit son téléphone pour prendre des photos.

— Qu'est-ce que tu fais ?!

Évidemment, il ne paraissait pas très content. Probablement parce qu'ils n'avaient pas couché ensemble depuis dix minutes.

— Je prends des photos pour les montrer à mes connasses de copines. Souris.

Il grimaça, ce qui marchait aussi. Elle les identifia sur la photo avant de la poster. #prenezçadanslesdents, #jevismameilleurevie.

— Je croyais t'avoir dit de ne pas me déconcentrer.

— J'ai enlevé le flash.

Il soupira longuement.

Elle sourit en rangeant son téléphone dans la poche de sa manche. Elle enroula ensuite ses bras autour de son cou pour apprécier le voyage.

À cette heure de la nuit, et avec le ciel couvert, il n'y avait pas grand-chose à voir. La jungle qu'ils survolaient n'émettait aucune lumière, rien que des ombres. Elle se demanda alors comment il pouvait trouver son chemin.

— Tu peux voir dans le noir ?

— Pas exactement.

— Alors comment peux-tu être sûr que nous ne sommes pas perdus ? demanda-t-elle.

— Je sais où nous allons.

— Comment ?

— Je le sais, c'est tout.

Ayant déjà regardé pas mal de documentaires, elle s'exclama :

— Tu as une sorte de radar comme les chauves-souris, c'est ça ?

Il lâcha un autre soupir.

Si elle arrivait à en provoquer un troisième, elle ferait un strike.

Ou alors il la laisserait tomber.

Ça ne l'empêcherait pas d'essayer.

Il atterrit, bien trop tôt à son goût car elle aimait plutôt bien voler dans le ciel, et annonça :

— Nous y sommes.

— Donc je viens de laisser une chambre climatisée, un lit confortable et un Minibar rempli, pour ça ?

Ça, étant le pied d'une montagne entourée d'arbustes. Beaucoup d'arbustes épineux.

— Si tu trouves un indice, tu n'auras pas besoin d'un lit pour être récompensée.

— Juste pour qu'on soit clairs, tu parles de faire l'amour là ?

— Oui.

— Ensemble ?

Une fois de plus, elle avait appris à toujours vérifier chaque détail.

— Oui, ensemble. À moins que tu ne préfères le faire avec quelqu'un d'autre ?

Ses crocs étincelèrent alors qu'il grognait. Sa jalousie était adorable.

— Ne t'inquiète pas, mon joli. Tu es le seul homme avec qui j'ai envie de me déchaîner.

Elle caressa son torse nu du doigt, adorant la texture étrange de son autre peau.

— Pas de distractions. Trouve-moi quelque chose d'intéressant et je te donnerai ce que tu veux.

— Tout ce que je veux ?

L'idée même l'excitait beaucoup.

— Oui, gronda-t-il d'une voix basse et sexy.

Grâce à cette motivation, elle se dégagea de son emprise et sortit un bâton lumineux. Une fois qu'elle l'eut fait craquer et l'eut secoué, ils eurent de la lumière verte.

— Où as-tu trouvé ça ? demanda-t-il.

— Je t'ai dit que ce costume était génial. Il regorge de surprises. Tu veux voir ?

— Reste concentrée.

Elle était concentrée. Sur le fait de lui enlever son caleçon. Maintenant qu'il avait repris forme humaine, sa silhouette désormais un peu moins costaud, son short pendait bas sur ses hanches dessinées.

Clac. Clac. Le bruit d'un claquement de doigts lui fit lever les yeux.

— Même si ton obsession pour ma bite est flatteuse, nous sommes ici pour le travail.

Effectivement. Qu'est-ce qui n'allait pas chez elle ? Il avait raison. Il fallait qu'elle se comporte plus comme une dame au lieu de constamment baver devant lui.

— Qu'est-ce que je dois chercher ?

— Je ne sais pas vraiment, mais c'est ici que j'ai perdu connaissance.

Il s'agenouilla par terre en effleurant le sol des doigts.

— Parce que tu as été drogué.

Ce qui le faisait toujours autant ricaner.

— Tu peux arrêter de le dire sur ce ton ? Je sais ce qui s'est passé. Ou ce qui ne s'est pas passé. Je me suis retrouvé face à un sanglier et ensuite…

Sa voix se brisa. Il haussa les épaules et observa la pénombre en disant :

— Je me suis réveillé à l'arrière du 4x4 avec Jan qui affirmait que j'étais tombé et que je m'étais assommé.

— Je n'arrive toujours pas à croire que tu aies cru à son mensonge. Je veux dire, sérieusement, j'ai vu comment tu te déplaçais, tu n'es pas maladroit.

— Je sais que je ne le suis pas, c'est pour ça que je pense que l'on m'a drogué.

— Probablement l'insecte qui n'était pas un insecte et qui t'a piqué.

— Deux piqûres dont je me souviens. Ensuite, je suis soi-disant tombé, ce qui explique ce que j'ai sur la tempe, dit-il en levant les doigts vers l'éraflure qui cicatrisait. Quand je me suis réveillé, je me rappelle m'être senti désorienté et étourdi.

— Pourquoi est-ce que tu ne me parles de cette sensation d'étourdissement que maintenant ?

— Parce que tu ne te tais jamais assez longtemps pour que je puisse en placer une.

— Dans ce cas-là, tu ferais mieux de parler plus vite.

Ou bien d'utiliser sa bouche pour autre chose.

— Je sais que tu affirmes qu'on t'a fait une Mickey Finn[1], mais tu t'es peut-être simplement évanoui à cause de la chaleur.

— Je ne me suis pas évanoui, rétorqua-t-il d'un air dédaigneux.

— Techniquement, si. Comment tu appelles ça toi tomber face contre terre ?

— Tu commences à me faire regretter de t'avoir amenée, dit-il en continuant de fouiller le sol des doigts, comme s'il allait trouver quelque chose en tâtant.

— Oh, pitié, toi et moi on sait très bien que m'avoir à ses côtés c'est comme avoir un soleil de poche.

— Je déteste le soleil.

— Quelle coïncidence, moi aussi.

— N'importe quoi. Je sais que tu aimes prendre des bains de soleil, rétorqua-t-il.

— Derrière un filtre UV puissant. Si je ne m'enduis pas de crème solaire pour vampire, je brûle.

— Alors, pourquoi t'être portée volontaire pour aller dans les tropiques ?

— Parce que, allô, t'as vu ce corps en bikini ou quoi ?

Ses lèvres tressautèrent légèrement.

— Ce serait dommage de ne pas le montrer.

— C'est grossier de ta part, dit-elle en posant les mains sur les hanches.

— Je viens de dire que tu avais un beau corps.

— Et ça ne te pose apparemment aucun problème que je le montre à tout le monde. Alors que moi, je te garderais emmailloté pour que personne ne puisse voir ton corps sexy.

— Est-ce que tu te sentirais mieux si je te disais que je boirais le sang de tout homme qui ose te regarder avec convoitise, jusqu'à ce qu'il meure ?

— Oui.

Voilà qui était super romantique.

— Eh bien, ça n'arrivera pas. Je ne suis pas un meurtrier jaloux.

Super déception.

— C'est pas drôle. Tu sais, le mari de Teena, Dmitri, fait de terribles choses à ceux qui regardent sa femme trop longtemps.

— Tu n'es pas ma femme.

— Pas encore.

Il lui jeta un regard noir.

Elle se mit à taper des mains.

— Voilà. C'est ce regard dont je veux que tu te serves quand tu es jaloux. Suivi d'une mutilation vicieuse.

— Il ne t'est jamais venu à l'esprit que je fais mieux que tuer ?

— C'est-à-dire ?

— La meilleure vengeance contre les autres hommes, c'est de te prendre dans mes bras, expliqua-t-il en l'attirant plus près. Et de t'embrasser intensément, pour montrer que tu m'appartiens.

— Oui, murmura-t-elle.

— Puis je te taperai sur les fesses en te demandant de m'apporter une bière, dit-il en lui donnant une petite fessée.

— Comment c'est censé les rendre jaloux ?

— Si tu étais un homme, tu comprendrais.

Se détournant, François s'éloigna, le regard focalisé sur le sol.

Elle sourit. Il était en train de changer d'avis petit à petit. Bientôt, il avouerait qu'il ne pouvait pas s'imaginer vivre sans elle – et il lui apporterait des chocolats. Et de la bière effectivement. Il finirait par apprendre.

— Qu'est-ce qu'on cherche ? demanda-t-elle en s'agenouillant.

— Je ne sais pas vraiment. Mais je le saurai si je le trouve.

— On cherche toujours ce foutu papier de chewing-gum ?

— Non. C'était simplement un indice qui m'a indiqué que l'endroit où j'ai perdu connaissance avait déjà eu des visiteurs. Mais quand je suis tombé, j'ai cru voir quelque chose.

— Un fantôme ?

— Non.

— Les seins de Jan ?

— Non, dit-il alors que le tic nerveux de sa joue reprenait.

— Tant mieux. Sinon, si elle les a montrés je devrai la tuer.

— Essayons de rester concentrés, princesse.

— Peut-être qu'au lieu de jouer aux devinettes, tu ferais mieux de me dire ce que tu as vu.

— Peut-être que si tu la fermais pendant plus de cinq secondes, femme, je pourrais te le dire.

— Si tu tournes autour du pot, forcément je vais finir par sauter dedans. Et si ça ne te plaît pas, tu peux toujours me faire taire. Je sais que tu possèdes quelque chose qui a pile la bonne taille pour ça.

— Tu es insupportable.

— Et sexy.

— Très, grogna-t-il. C'est pourquoi j'aurais dû te laisser à la chambre d'hôtel.

— Mais dans ce cas-là, on ne serait pas en train de s'éclater au milieu de nulle part.

Il soupira.

Ouais, victoire ! Elle avait eu son strike.

— Hé, mon joli, c'est moi ou ça sent le poulet, là ?

— On ne dit pas plutôt que ça pue le poisson ? Et je croyais que tu t'étais lavée.

Pourquoi faisait-il toujours les meilleures blagues au pire moment ? Elle lui cogna le bras.

— J'espère que tu veux dire par là que je sens le poisson comme un délicieux sushi. Mais plus sérieusement, je sens quelque chose qui cuit.

Il fronça les sourcils, ses traits prenant un air diabolique sous la lueur de son bâton lumineux. Il inspira profondément.

— Merde, je le sens aussi.

— Est-ce que c'est quelqu'un qui campe dans les environs ? demanda-t-elle.

— J'en doute. Même s'ils autorisent quelques randonnées le jour, d'après eux, il est interdit de rester ici la nuit. Ça ne peut donc pas être un feu de camp. Les sangliers que mon groupe a chassés ont été dépecés ici mais ramenés à l'hôtel pour être cuisinés.

— Alors quelqu'un enfreint les règles.

Des règles qui ne sont pas respectées, plus une lionne en costume de super-héros, c'est s'attendre à passer un bon moment.

François avait l'air pensif alors qu'il se tenait debout et observait la montagne.

— S'il y a quelqu'un qui vit là-bas, c'est peut-être celui qui a enlevé Shania et a effacé sa mémoire.

Et même si ce n'était pas le cas, cette féline avait besoin de savoir.

— Invitons-nous à ce dîner alors.

Marchant lentement, elle se fit la réflexion de modifier son costume, car ses chaussons en lycra et leurs semelles fines ne la protégeaient pas beaucoup des cailloux tranchants sur le sol.

— J'aurais dû mettre mes talons, grogna-t-elle.

— Tu ne peux pas courir avec des talons.

— Ça, c'est ce que disent les hommes. Je peux très bien courir avec. Je suis la championne du clan pour ça.

— Je croyais que c'était pour parler sans jamais reprendre sa respiration.

— Non, ça, c'est Melly. Cette connasse a de sacrés poumons.

— Je pense que tu as besoin de prendre ta revanche.

Elle bondit et l'embrassa sur la joue.

— Comme tu es adorable ! Et je sais exactement comment m'entraîner. Il faudra que tu me chronomètres quand je te taillerai une pipe.

Il trébucha.

Elle rejeta ses cheveux par-dessus son épaule et suivit son odorat. Ils finirent par débouler sur un chemin peu fréquenté où l'herbe était penchée et les feuilles mortes avaient été trop souvent poussées sur le côté. Mais à part quelques odeurs prévisibles : des rongeurs, des sangliers sauvages et même une chèvre, ils ne sentirent pas celles d'êtres vivants conscients. Pas de métamorphes, pas d'humain. Pourtant, ce n'était pas un animal qui avait créé ce sentier et laissé tomber l'emballage plastique d'un sandwich.

Alors que l'odeur de nourriture était de plus en plus forte, ils se retrouvèrent au pied du volcan, dont la surface grumeleuse s'élevait vers le ciel. L'odeur leur parvenait d'en haut. La pente du volcan était moins raide ici, mais toujours aussi difficile d'accès.

— J'imagine qu'on va devoir escalader, remarqua-t-il.

Il avait repris sa forme humaine pour la traque et même s'il paraissait plus animal qu'humain, il parlait parfaitement bien. Et était également très beau, même s'il n'était pas un lion.

La seule chose qu'il portait était un short noir. Alors qu'ils escaladaient, ses fesses fermes avançant devant elle, elle les imagina ornées d'un grand F. François le Féroce. Ça sonnait bien. Elle se demanda s'il accepterait de porter une cape. Mais bon, il avait déjà ces ailes géniales.

Quelque chose bourdonna près de sa joue. Ces foutus

insectes les avaient trouvés et ils n'avaient aucun respect pour cette lionne en mission. Ils la piquèrent.

Comme si ce n'était pas assez agaçant, l'air moite la faisait transpirer. Charmant. Il n'y avait rien de plus séduisant que des aisselles puantes.

Puis, ses ongles, sa sublime French manucure, se cassèrent sur les rochers rugueux. Elle aurait pu pleurer. Comment allait-elle pouvoir griffer le dos de François au lit maintenant ?

Mais se plaindre n'était pas une option, pas quand le mystère s'épaississait et l'odeur de nourriture devenait plus forte. Le fumet en question semblait provenir d'une grotte, dont l'entrée présentait un large rebord sans aucun débris. Étant arrivé en premier, François se retourna et lui tendit la main, une première depuis qu'ils avaient débuté leur ascension. Un homme qui la respectait comme son égale, mais qui pouvait faire preuve de courtoisie.

Avaient-ils le temps de s'envoyer rapidement en l'air ?

— Tu sens quelque chose ? demanda-t-il.

Était-ce un moyen de lui faire comprendre qu'il avait remarqué que sa culotte était mouillée ?

— Humain ou métamorphe ?

Pff, toujours concentré lui. Elle se retint de soupirer et inhala. Puis renifla à nouveau. Elle secoua la tête.

— À part un délicieux ragoût, je ne sens rien.

Ce qui n'était pas normal. Un sentier dégagé menait jusqu'en en haut de la montagne. Elle remarqua certaines traces de passage alors qu'ils escaladaient, elle trouva même un morceau de tissu accroché sur un bord déchiqueté. Mais pas une seule odeur.

— C'est peut-être un whampyr ? demanda-t-elle. La plupart d'entre vous ne sentent rien.

— Pourquoi la plupart ? Nous n'avons pas d'odeur. Vous

ne pouvez pas nous sentir à moins que l'on ne décide de porter du parfum.

Faux. Au début, elle n'avait pas pu sentir son odeur, mais maintenant qu'ils avaient été intimes, son musc, une essence très subtile, différente de toutes celles qu'elle avait déjà senties, le marquait.

— Tu n'as pas répondu à la question. Est-ce que ça peut être un whampyr ?

— Je ne pense pas. Habituellement, nous pouvons reconnaître notre propre espèce, dit-il en fronçant les sourcils. Et nous ne sommes pas des créatures solitaires. Nous avons tendance à nous rassembler comme des colonies.

— Et comment sait-on qu'il n'y a pas de colonie dans cette montagne ?

— Parce que.

— Comment ça, parce que ?

— Parce qu'il n'y a pas de source de nourriture ici.

— La jungle est pleine de vie.

— Nous ne pouvons pas seulement survivre grâce aux animaux et la population ici n'est pas assez dense pour pouvoir se nourrir sans que cela se remarque.

— Comment tu manges à la maison ? Tu pars à la chasse aux escrocs et tu les suces jusqu'à la moelle ? Tu braques des banques de sang ?

— Nous ne faisons rien qui puisse nous faire remarquer. Gaston s'en occupe.

— Et s'il ne le faisait pas ?

— Alors nous nous adapterions.

— D'après les rumeurs, les whampyrs qui se sont rebellés contre Gaston aimaient le sang humain.

— C'est vrai que l'essence de votre vie nous plaît beaucoup. Mais elle est aussi interdite. Les traités entre les métamorphes et les whampyrs sont anciens. C'est pourquoi Gaston n'a eu aucune pitié pour ceux qui l'ont trahi.

— Ça veut dire que tu pourrais avoir de gros ennuis si quelqu'un découvre que tu m'as mordillée ?

Si c'était le cas, elle allait devoir faire attention à ne pas trop raconter leurs exploits sexuels.

— Les règles peuvent être souples. Si un whampyr et une métamorphe deviennent des amis ou des amants, ce qui est assez improbable, alors un échange de fluide est prévisible et donc autorisé. Tant que c'est mutuel.

— Donc, en d'autres termes, on peut tout à fait devenir un couple.

— Ce n'est pas ce que j'ai dit.

Elle lui tira la langue.

— Allez, laisse tomber mon joli. Tu n'as aucune raison de m'éviter.

— Au contraire, j'ai toute une liste de raisons pour lesquelles je dois t'éviter.

— Mais tu ne le feras pas. Parce que tu m'aimes bien.

— Qui a dit que je t'aimais bien ?

— Tu veux vraiment que je t'oblige à le prouver ici, sur une corniche avec cette odeur alléchante de soupe ?

— J'ai envie de faire comme si tu n'existais pas pour que tout redevienne comme avant.

Il paraissait si grognon.

Parce que j'ai chamboulé son existence.

— Avant, c'était ennuyeux.

— D'après qui ? rétorqua-t-il.

— Moi, parce que je n'en faisais pas partie.

Il faillit sourire.

— C'est sûr que tu n'es clairement pas ennuyeuse.

— Et j'ai bon goût.

— Délicieux. Mais ça ne veut rien dire.

— Tu as peur que tes potes se moquent de toi s'ils apprennent que tu sors avec un chat ?

— J'ai surtout peur que ton roi décide de m'arracher la tête et de s'en servir comme ballon de foot pour avoir osé te séduire au lieu de te protéger.

— Arik n'en aura rien à faire qu'on ait couché ensemble. Enfin, si quelqu'un m'attaque, il risque d'être un peu contrarié. D'ailleurs, en parlant de se faire attaquer, ça fait bien trop longtemps qu'on est là. Allons voir ce qu'il y a dans cette grotte.

Il secoua la tête.

— Je pense que nous devrions faire demi-tour. Et partir tout de suite.

— T'es sérieux ?

Face à son air stoïque, elle grogna.

— Tu n'aurais pas pu prendre cette décision avant que je ne bousille ma manucure ?

— J'étais sarcastique, dit-il en souriant presque. Pourquoi partirait-on maintenant ? Je suis venu ici pour chercher quelque chose et nous l'avons peut-être trouvé. Viens, attrape ma main.

— Je préfère prendre mon pied, comme je l'ai déjà fait trois fois, dit-elle en ricanant.

— Et ça fera quatre une fois que nous aurons résolu ce mystère.

— Alors qu'attendons-nous ?

Elle le dépassa et faillit se mordre la langue quand il lui donna une claque sur les fesses. Cet homme avait un côté coquin bien caché et cela lui plaisait énormément de le voir émerger.

Ils se glissèrent à l'intérieur de la grotte, l'odeur du poulet, des oignons sautés et des épices la faisant saliver. Les bruits de la jungle – des cris d'oiseaux et bourdonnements d'insectes – s'estompaient au fur et à mesure qu'ils avançaient dans la cavité. Qui, elle s'en rendit compte au bout d'un moment, ressemblait plutôt à un tunnel, la roche était lisse alors qu'elle était pourtant issue de la lave.

Étant de vrais prédateurs, ils n'eurent pas besoin d'exiger le silence. Ils se turent immédiatement, regardant où ils marchaient alors qu'ils se frayaient un chemin à travers cette grotte qui avait été creusée. Au loin, le rythme d'une musique lancinante leur parvint. Puis, le tempo s'arrêta et une voix chevrotante retentit, indiquant que le son provenait d'une radio. Il y avait aussi un bourdonnement perceptible dans l'air et une odeur de carburant, indiquant la présence d'un générateur. C'était plus qu'une simple personne qui campait pour la nuit.

Avaient-ils trouvé le repaire du Liotaure ? Étaient-ils sur le point de débarquer sur son campement et de l'attraper ?

S'ils se débrouillaient bien et arrivaient assez vite, peut-être même qu'ils pourraient manger sa soupe avant de le ramener à l'hôtel pour le questionner.

Atteignant le bout du tunnel, ils y virent plus clair. La lumière, celle qui provenait des flammes dansantes, éclairait l'intérieur du couloir. François s'aplatit sur un côté du tunnel. Elle prit l'autre. Ils atteignirent l'ouverture et aperçurent une immense caverne.

La musique qui provenait de la radio retentit avec une batterie et un piano puissants alors qu'une nouvelle chanson commençait. Elle étouffait tout autre bruit et donc des voix potentielles. Qui savait combien de personnes se trouvaient peut-être ici, au cœur du volcan ?

L'excitation la fit presque danser. Sa lionne miaula pour sortir.

Pas encore. Il faut qu'on observe d'abord les alentours.

En jetant un coup d'œil autour de la grotte, ils aperçurent une petite pente qui descendait jusqu'au sol de lave durcie où des tentes étaient installées. De grandes tentes militaires.

— C'est quoi cet endroit ? chuchota-t-elle.

Car c'était plus qu'un camp pour un seul type qui se déguisait ou se transformait en lion pour enlever des femmes et coucher avec elles.

— Je ne sais pas, et je n'aime pas ça. Reste près de moi.

Comme si elle avait besoin que François la protège.

Quand il partit de son côté, elle prit la direction opposée et l'ignora alors qu'il lui sifflait :

— Reviens ici.

Elle lui fit un doigt et continua d'avancer. Soit il lui faisait confiance, soit non.

Il réussit le test avec brio, la laissant faire son truc, ce qui était plutôt cool. Elle prit cette confiance en ses capacités à cœur et s'assura de jeter un coup d'œil tout autour, notant qu'ils n'étaient pas vraiment dans une caverne mais dans une cuvette ouverte, le cœur du volcan lui-même.

Au-dessus de leurs têtes, des filets étaient suspendus et couvraient une partie du camp et toute une pile de caisses empilées sur le côté. Le camouflage s'étendait en largeur, cachant ce qu'il y avait en dessous pour tous ceux qui auraient pu voler par-dessus. Depuis le ciel, il n'y avait pas grand-chose à voir au niveau des zones qui n'étaient pas recouvertes étant donné que les tentes sombres se fondaient probablement dans le décor et de là-haut, personne ne pouvait entendre quoi que ce soit.

Mais alors pourquoi toutes ces cachotteries ?

L'organisation de l'installation la poussa à sortir son téléphone et à cliquer rapidement, prenant une multitude de photos et de vidéos. Ce ne fut que lorsqu'elle prit une photo en mode panoramique qu'elle remarqua que d'autres grottes bordaient le flanc du volcan. L'une d'entre elles possédait même une arche sculptée qui l'encadrait. Les vestiges d'anciennes habitations n'apparaissaient que d'un côté et l'autre moitié du volcan paraissait inachevée et bosselée.

Peut-être qu'il y avait une part de vérité dans ce que racontaient les anciennes légendes sur les personnes qui vivaient au sein du volcan. Cependant, celles-ci n'expliquaient pas ce qu'il se passait actuellement.

Elle sentit une présence et se retourna. Même si elle réalisa qu'il n'y avait pas de menace, elle frappa quand même François à l'estomac. Même un whampyr aurait dû savoir qu'il ne fallait jamais prendre une lionne par surprise.

— C'était vraiment nécessaire ? haleta-t-il, son corps n'étant désormais plus costaud et gris, mais sexy – *et à moi*.

— Non. Tu vas me donner une fessée ? demanda-t-elle avec un clin d'œil.

Quand il lui jeta un regard noir, elle lui sourit.

— Ne sois pas grincheux. Je te promets que je te ferai un bisou magique plus tard.

— On ferait mieux de partir.

— Tu as trouvé quelque chose ? C'est quoi cet endroit ? chuchota-t-elle.

— Je ne sais pas. Quel qu'il soit, il y a beaucoup d'argent en jeu. Il y a une aire d'atterrissage pour hélicoptère derrière cette grande tente. Il y a aussi deux générateurs de taille industrielle, l'un pour alimenter le camp principal et l'autre pour une sorte de laboratoire médical.

— Un laboratoire ? Ici ? Mais pour faire quoi ?

— Je ne sais pas. Les cages étaient vides.

— Des cages ? Pourquoi quelqu'un aurait-il besoin de cages ?

— Elles ne seront pas vides longtemps.

Ces mots venaient d'être prononcés par quelqu'un qui

n'avait pas d'odeur. Absolument aucune. Et c'était un inconnu.

Avant que Stacey n'ait le temps de se retourner et d'agir, une fléchette la piqua dans les fesses.

---

1. Patron d'un bar au 19e siècle qui droguait et volait ses clients

CHAPITRE SEIZE

Tout le monde réagit différemment quand il est attaqué. Certains se mettent à genoux et implorent la pitié. D'autres pleurent. Certains deviennent enragés.

Mais il n'y avait que Stacey pour rire, taper dans ses mains et chanter :

— Cours, cours aussi vite que tu le peux. Je suis plus rapide que le Bonhomme de Pain D'Épice[1] !

Puis, elle s'élança vers le type qui tenait dans ses mains le pistolet tranquillisant. Un type qui écarquilla les yeux en la voyant se ruer vers lui.

JF comprenait bien pourquoi. Alors que la fourrure jaillissait, que son corps se transformait, Stacey laissa sortir sa lionne pour jouer.

La sublime féline, à la fourrure teintée de roux, heurta le sol de ses quatre pattes, sauf qu'elle n'atteignit jamais le gars qui lui avait tiré dessus avec des fléchettes tranquillisantes. Trois, d'après ce qu'avait compté JF. Elle ralentit et vacilla, le cocktail chimique étant assez fort pour neutraliser un métamorphe.

Alors évidemment, il cria :

— Je t'avais dit qu'on m'avait tiré dessus !

Après tout, c'était l'instant parfait pour dire : « Je te l'avais dit ».

Ils essayèrent de le piquer à nouveau. Mais cette fois-ci, JF l'anticipa et l'esquiva. Il réalisa qu'il pouvait se transformer en un clin d'œil s'il le souhaitait. Sous sa forme de whampyr, il pouvait combattre avec une force mortelle et plus de grâce, cependant, avait-il vraiment des chances de gagner ? Pas vraiment étant donné qu'au moins deux des armes pointées sur lui contenaient des balles qui risquaient de le blesser.

Il n'avait qu'une fraction de seconde pour se décider – se transformer en whampyr et attaquer pour voir à quel point ces trois hommes étaient de bons combattants ou jouer le rôle du faible et voir ce qu'il se passait vraiment.

Le fait de voir Stacey s'évanouir alors que la drogue faisait rapidement effet sur elle le décida. Il ne pouvait pas prendre le risque qu'elle soit blessée durant la fusillade. Tout comme il n'osait pas se transformer alors qu'il ne savait toujours pas à qui il avait affaire. Les deux hommes qui pointaient leurs armes sur lui n'avaient pas d'odeur. Aucune. Étaient-ils des whampyrs comme lui ? Il n'en savait rien, d'autant plus qu'ils n'avaient pas de marques sur la peau.

Comme il les observait, il ne put esquiver la fléchette qui le toucha dans le dos. Les drogues envahirent son organisme et il sentit une légère léthargie. Mais seulement légère. Son corps avait déjà appris à s'adapter depuis sa dernière dose. Un trait caractéristique des whampyrs qui les protégeait des poisons.

Ils ne me neutraliseront plus aussi facilement.

Au fond, il avait envie de sourire, la bête froide en lui avait hâte de jouer. Sauf qu'il voulait en savoir plus avant d'arracher des têtes. Et les corps décapités ne pouvaient plus vraiment parler.

Alors JF se mit doucement à genoux et parvint à s'effondrer pour qu'il puisse au moins partiellement recouvrir Stacey.

Quelqu'un qui aurait voulu les tuer n'aurait pas pris la peine de leur administrer des sédatifs, mais il valait mieux être prudent en la protégeant.

Comme s'il commençait à en avoir quelque chose à foutre de ce qui pouvait lui arriver... peut-être devait-il mettre ça sur le compte d'une morsure d'araignée ou de quelque chose dans la nourriture. Il ne savait pas quand, ou comment ni pourquoi, mais il ressentait quelque chose pour cette femme. Quelque chose de plus fort que le désir. Une émotion plus puissante que cette colère envers son passé.

Qu'est-ce qu'on en avait à faire qu'une lionne l'ait trahi il y a bien longtemps ?

Était-ce si important qu'ils soient différents ?

Elle est à moi.

Alors pourquoi n'attaquait-il pas ces bâtards qui les avaient pris en embuscade sous sa forme de bête ?

Parce que parfois, la prudence était le meilleur aspect du courage.

Refoulant le monstre en lui qui avait envie de se nourrir, il se relâcha totalement et ne réagit pas quand des mains le saisirent pour le soulever. JF entendit la surprise dans leur voix.

— Il n'est pas aussi lourd qu'il en a l'air, dit Crétin numéro un.

Non, sans blague. Les corps lourds avaient plus de mal à voler.

— Mais elle oui, grogna Crétin numéro deux.

Stacey n'était pas lourde. Juste solide. Et ceux qui se

plaignaient avaient de la chance qu'elle soit endormie car il était prêt à parier de l'argent que ce genre de remarque conduirait quelqu'un à se faire éventrer.

— C'est quoi ce truc qu'elle porte putain ? demanda Crétin numéro un.

— Je ne sais pas, mais ma petite copine pourrait faire fortune si elle portait ça sur scène.

Nous leur dévorerons les yeux. Jouer le rôle de la victime endormie, c'était bien, mais s'ils osaient déshabiller sa princesse, il ne répondrait plus de rien.

Ils ne les transportèrent pas loin, le bruissement de la toile lui indiqua qu'ils étaient entrés dans une tente. Étant donné qu'il avait effectué un repérage rapide, JF ne fut pas surpris d'entendre le cliquetis du métal.

Heurtant violemment le sol, la couverture fine qui le recouvrait n'étant pas vraiment un coussin, il pouvait maintenant affirmer avec certitude qu'il savait à quoi servaient les cages. JF sentit l'odeur de ceux qui étaient passés par là, comme la femme qui venait tout juste d'être retrouvée.

Bang. Clic.

Sa cage se referma derrière lui, mais il n'entendit pas de second clic indiquant que la deuxième retenait Stacey prisonnière.

— Elle est terriblement belle, marmonna Crétin numéro deux.

Ouaip, il mangerait clairement ses yeux en premier.

— Tu sais quelles sont les instructions sur le fait de ne pas toucher la marchandise. Nous ne pouvons pas laisser de traces sur eux.

— J'ai des gants.

Alors dans ce cas-là il lui mangerait les mains.

— J'imagine que si on utilise un préservatif...

C'en était trop. JF retroussa les lèvres, se préparant à attaquer, sauf qu'une menace cinglante l'arrêta net.

— Si tu la touches, je te couperai moi-même la bite.

Il connaissait cette voix, mais d'habitude elle était mielleuse.

— On plaisantait juste, boss.

Boss ?

— Sortez d'ici. Maintenant ! aboya leur interlocuteur. Préparez-vous. Un hélicoptère arrive pour une cargaison d'ici les quinze prochaines minutes.

Une cargaison de quoi ?

— On s'en occupe.

Il entendit ensuite un bruissement de toile et un murmure :

— Salope autoritaire.

Le silence s'installa et seul le bourdonnement des machines résonna dans l'air. En respirant par le nez, il ne sentit pas d'autre odeur que celle de Stacey. Étaient-ils seuls ?

Il ouvrit un œil pour se retrouver nez à nez avec deux yeux bleus qui lui étaient familiers.

— Bonjour, Jean-François. Je suis surprise que tu viennes nous rendre visite si tôt après cet après-midi.

Comme la mascarade prenait fin, il s'assit et regarda Jan droit dans les yeux.

— Qu'est-ce qui se passe ici ?

— On fait de la science. La voie médicale du futur.

— Quel genre de science ? Pourquoi est-ce que vous emprisonnez ces gens ?

— Est-ce le moment où je suis censée me lancer dans un monologue de méchant expliquant comment mon enfance de merde m'a fait devenir une criminelle ?

— Ça pourrait aider.

Mais ce n'était pas nécessaire. Il n'y avait que deux vraies raisons pour lesquelles les gens commettaient des crimes. L'argent, qui allait de pair avec le pouvoir, ou la passion. Comme il ne connaissait pas vraiment Jan, et il doutait que cette dernière connaisse les autres clients de l'hôtel, il ne pensait pas que la passion ait quelque chose à voir avec ses actions.

Surtout, compte tenu de la nature clinique du matériel.

— Disons que toi et ta soi-disant sœur dans la cage là-bas, possédez quelque chose que les gens seraient prêts à payer très cher. Et je suis parfaitement en mesure de leur fournir.

— Tu réalises des expériences sur ta propre espèce ?

— Mon espèce ? ricana-t-elle. Je n'ai rien à voir avec les animaux que je mets dans cette cage.

Face à sa remarque, il fronça les sourcils et renifla. Puis se renfrogna encore plus.

— Où est passée ton odeur ?

— Je n'en ai aucune, grâce à un parfum spécial, expliqua-t-elle en souriant. Qui s'appelle : « rien ». Ni humain, ni métamorphe, ni rien du tout. Il existe en aérosol et est très populaire auprès des groupes de mercenaires.

— Donc tu te sers des gens que tu kidnappes pour créer un parfum sans odeur ?

— Bien sûr que non. La recette est en fait basée sur une fleur qui ne pousse que dans quelques volcans. Mais ici, c'est mon endroit préféré pour la récolter, étant donné que les Lleyoniias ont eu la gentillesse de laisser les instructions pour le parfum sans odeur dans ce volcan-là.

— Si tu te sers des plantes pour le fabriquer, pourquoi utiliser des cages ? Pourquoi capturer Shania et ces autres filles qui ont disparu ?

Le visage de Jan s'éclaircit, comme si elle était satisfaite.

— Donc vous êtes *bien* ici pour enquêter. C'est bien ce que je pensais. Toi et cette femme, vous avez été très mauvais pour faire croire que vous étiez frère et sœur.

Probablement parce qu'il ne pouvait pas s'empêcher de toucher et de regarder Stacey.

— Tu ne t'en sortiras pas comme ça. Les gens ont commencé à remarquer qu'il se passait des choses étranges sur cette île.

— Alors j'imagine que nous allons devoir changer de campement. Nous pouvons récupérer des échantillons sur les animaux ailleurs si besoin.

— Des échantillons de quoi ?

— De sang. De sperme. Mais le plus populaire sur le marché en ce moment ce sont les ovules. Des ovocytes de métamorphe. Tu savais qu'on pouvait les utiliser pour tout un tas de procédures médicales ? Ce sont les meilleures cellules souches pour les traitements.

— Tu récoltes des ovocytes ?

Sur des femmes non consentantes et inconscientes ? Même lui était consterné.

— Comment peux-tu faire ça à ta propre espèce ?

— Ce n'est pas mon espèce ! cracha-t-elle. Vous avez été bernés, vous et tous ces autres animaux, par le parfum que je porte. Encore une fois, c'est une autre recette que j'ai trouvée en tombant sur une grotte dans le volcan.

— Tu n'es pas une métamorphe lionne.

La nouvelle le surprit. Son nez ne s'était encore jamais trompé auparavant.

— Bingo ! Il a enfin compris. Je suis surprise que tu aies mis si longtemps à le faire. Mais bon, tu n'es pas non plus un métamorphe. En revanche, tu es plus qu'un humain. Je n'ai juste pas encore trouvé quoi. Ce que je sais, c'est que tu n'as rien à voir avec cette femme, dit-elle en montrant une

Stacey inconsciente du doigt. Les prélèvements sanguins que nous avons réalisés cette après-midi...

— Où as-tu mis ces échantillons ? la coupa-t-il.

Le fait d'apprendre qu'elle avait prélevé un peu de son sang le fit frissonner, surtout parce que la première règle que lui avait apprise Gaston après sa création était de ne jamais laisser personne garder son sang. Son sang contenait des secrets. Des secrets que le monde ne devait pas découvrir.

— Comme tu es exigeant. Au cas où tu ne l'aurais pas remarqué, c'est toi qui es dans une cage, c'est donc toi le prisonnier.

— Tu ne peux pas me garder là-dedans.

— Oh, mais si. Ces barreaux sont en argent et sont résistants aux métamorphes.

Comme s'il en avait quelque chose à faire. Il avait déjà pu s'évader d'endroits qui étaient bien pires que ça.

— Qu'est-ce que tu comptes faire de nous ?

— Après avoir réalisé d'autres prélèvements, on effacera votre mémoire et on vous ramènera, ni vu ni connu.

— Je n'oublierai rien.

— Tu ferais mieux d'espérer que ce soit le cas, sinon tu mourras. Un accident tragique au paradis. Ça arrive tout le temps avec les touristes, dit-elle avec un sourire rusé.

Bizarrement, cela le rendit insolent.

— Je comprends mieux pourquoi Stacey te déteste. Tu es salope vicieuse.

— Et toi tu as une relation très malsaine avec ta sœur.

— Parce que ce n'est pas ma sœur et tu t'en es pris aux mauvaises personnes.

Il se leva, ses épaules effleurant le haut de la cage. Et Jan souriait encore, pensant avoir le dessus.

— Vas-y, fais de ton mieux. Nous avons eu un métamorphe ours il y a un mois, un grand costaud, et il n'a même pas pu plier les barreaux.

— Sauf que je ne suis pas un métamorphe, grogna-t-il en laissant sortir sa bête, sa peau devenant sombre, ses dents s'allongeant et ses ailes jaillissant dans son dos.

Il ne s'arrêta pas non plus à sa forme hybride. Même s'il savait que le manque de nourriture l'affaiblirait, il continua de se métamorphoser, son corps s'épaississant, les cornes poussant en spirale de son front. Son souffle tel de la fumée.

L'observant les yeux écarquillés, Jan ne recula pas. Cette imbécile de femme ne comprenait toujours pas qu'elle allait rendre son dernier souffle.

Bientôt, elle comprendrait à quel point elle avait merdé en décidant de s'en prendre à lui.

JF s'agrippa aux barreaux, entendant un sifflement alors que sa peau se craquelait à cause de l'argent qu'ils contenaient. Mais il s'en fichait. Il tira et au début, il ne se passa rien et le regard choqué de Jan se transforma en rictus.

Puis, il y eut un craquement. Le métal gémit alors qu'il se pliait et ses yeux s'écarquillèrent encore plus alors que les barreaux commençaient à se tordre. Un whampyr qui laissait sortir la bête n'était pas limité par les lois de la physique en matière de force, mais pouvait faire appel à la magie, cette force céleste qui liait tous les êtres vivants, et s'en servir. L'utiliser pour accentuer sa force et sa volonté. Pas pour longtemps, pas sans du sang pour lui faire prendre des forces, mais assez pour se libérer de cette cage minable.

Jan réalisa enfin son erreur.

— Que quelqu'un vienne ici avec une arme ! hurla-t-elle.

Idiote. Elle aurait dû partir en courant. Il aimait tellement poursuivre ses proies.

JF en avait assez de faire le mort. *Je ne suis pas un*

prisonnier ou un simple mortel avec lequel on peut plaisanter.

Il était plus fort qu'elle. Plus fort que n'importe qui. Et il devait agir tout de suite, détruire le sang qu'elle avait volé. La détruire elle avant qu'elle ne révèle ses secrets.

Au loin, il entendit le vrombissement d'un hélicoptère. Apportait-il des renforts ?

Mieux valait tout de suite s'occuper de ceux qui se trouvaient dans ce campement.

Il est temps de chasser.

Il se faufila à travers l'ouverture qu'il avait créée avec les barreaux et Jan bougea enfin, courant hors de la tente en appelant à l'aide :

— Que quelqu'un lui tire dessus !

Elle exigeait une rafale de balles. Ça pouvait être douloureux, mais pas mortel. Pas tant qu'ils ne faisaient pas exploser sa tête.

Même si l'entrée principale l'attirait, il l'évita. Pas la peine de faire de lui une cible. Il se dressa vers le haut, étirant les griffes pour déchirer une ouverture dans le toit de la tente. Il tint en équilibre sur la barre de métal qui maintenait la toile en place, s'en servant un court instant pour s'élancer vers le ciel, les cris de Jan, les vociférations des hommes et le rugissement de l'hélicoptère créant le chaos. La meilleure diversion pour une créature furtive de la nuit.

Descendant du ciel, l'homme que JF percuta ne le vit pas arriver. Il se servit de lui comme coussin pour son atterrissage, son genou s'enfonçant dans sa colonne vertébrale, il saisit sa tête et la tordit.

Crac.

Un de moins. Aucune pitié. S'il les laissait derrière lui, il risquait de les affronter à nouveau plus tard à un moment moins opportun. JF ramassa son fusil et s'envola une fois de plus vers le ciel, se maintenant en l'air en tirant puissamment sur ses ailes, entendant le grondement de l'hélicoptère qui entamait sa descente dans le cratère, et le vent souffla contre ses ailes. Il se posa sur une corniche, la mince plateforme rocheuse lui permettant de tenir en équilibre et de prendre pour cible un homme qui courrait vers la tente où se trouvait Stacey et la cage.

Oh non, même pas en rêve.

Pop !

Il abattit le type avec son arme et Jan cria avec rage et non pas avec détresse.

L'hélicoptère atterrit et il le visa également, les balles ricochèrent sur les pales vrombissantes. Deux hommes en sortir, armés et se protégeant immédiatement derrière une structure.

Comme JF était exposé, il s'envola à nouveau et il aurait pu s'amuser à les éliminer un par un, mais quelqu'un eut la brillante idée d'allumer un énorme projecteur, le même que celui qu'ils avaient utilisé pour l'atterrissage de l'hélicoptère, et de l'orienter vers le haut – ce qui expliquait les rumeurs qu'il avait entendues de la part du personnel concernant ces étranges lueurs dans le ciel. Les gens préféraient toujours croire en l'inexplicable plutôt que de chercher la vérité.

Le rayon lumineux le repéra et une balle suivit rapidement la lueur chaude, manquant de peu son aile.

Il plongea et tourbillonna, cherchant une ouverture. Mais plusieurs d'entre eux tiraient aveuglément dans le ciel, rendant difficile toute attaque de sa part.

Un whampyr plus intelligent se serait probablement enfui. Après tout, il n'était plus en cage, il était libre de s'en aller. Partir. Se sauver.

Mais s'il se sauvait, cela voulait dire qu'il laissait Stacey derrière lui. Il ne comptait même pas l'envisager. S'il s'en allait, c'était parce qu'elle partait avec lui.

Et puis ils avaient toujours son sang.

Je n'irai nulle part. Pas tant qu'il n'aurait pas réglé cette affaire.

Il tira et quelqu'un hurla. Puis, ce fut à son tour de siffler de douleur quand une balle finit par le toucher, entaillant son aile, mais cela le déconcentra, le fit vaciller et une autre balle déchira la peau parcheminée et fine, le déséquilibrant.

Le ciel n'étant plus son ami, il tomba, heurtant le sol avec un bruit sourd. Il s'accroupit et rabattit ses ailes, sentant le trou qui le lançait alors que la chair se resserrait, le sang chaud coulant dans ses veines.

La bête en lui pulsait et poussait, le suppliant de la laisser totalement sortir. Peu le savaient, mais la forme que prenait habituellement JF n'était qu'une version hybride de son whampyr. Il existait toujours une partie plus sombre, profondément enfouie en lui.

Ne réveille pas le monstre. Car une fois réveillé, seul le sang pourrait l'apaiser.

Des hommes armés, guidés par une Jan qui avait un rictus aux lèvres, affluèrent.

— Ne le tuez pas. Je veux d'abord faire d'autres prélèvements.

JF les laissa s'approcher, la tête penchée, l'image même de la soumission. Brisé, ensanglanté et vaincu.

Du moins, c'était ce qu'ils croyaient. Il avait plus d'un tour dans son sac de whampyr.

Quand ils furent assez près, il sourit, diaboliquement et sans joie alors qu'il aspirait le monde autour de lui, prenant tout ce qu'il trouvait dans l'air et le sol. Ses cornes vibraient, stockant tout ce pouvoir. Quand il fut plein à ras bord, il le saisit et le projeta hors de lui dans un nuage noir, une brume nocturne si sombre qu'aucune lumière ne pouvait y pénétrer.

Mais il n'avait pas besoin de voir pour chasser.

En tant que bouclier, il faisait des merveilles, mais il ne pouvait pas l'utiliser très longtemps, alors il agit vite, se repérant grâce aux bruits. Un gémissement, un bruit de chaussures, une respiration haletante. Ses dents croquèrent ses proies, mordant leur chair, libérant leur sang. Du sang qu'il but. Il engloutit le fluide chaud et cuivré, nourrissant le monstre affamé. Lui redonnant de la force au fur et à mesure que celle-ci se vidait de son grand corps. Quand le brouillard se dissipa, il vit les silhouettes sur le sol, brisées et déchiquetées. Leurs yeux regardant dans le vide. Ses ennemis avaient été vaincus alors qu'il sentait le pouvoir pulser en lui.

Je veux plus.

Il regarda autour de lui et constata qu'un corps en particulier manquait à l'appel.

— Où es-tu, Jan ?

Il avait toujours un petit creux.

Le fait qu'elle porte ce parfum sans odeur lui permit de facilement la suivre. C'était le seul chemin qui neutralisait les odeurs de tout ce qu'il y avait autour. Il menait jusqu'à l'autre bout du cratère, vers la zone d'atterrissage.

L'hélico n'avait pas perdu de temps. Pendant que certains hommes avaient participé à la chasse, d'autres chargeaient l'hélicoptère. La pile de caisses qui se trouvait à côté avait disparu et le grand oiseau de métal s'en allait. À la fenêtre, il vit le visage pâle de Jan se dessiner, son majeur appuyé contre la vitre dans un dernier adieu.

Bon débarras. Il en avait assez d'elle.

Elle leva son autre main et agita une ceinture qui lui était familière.

La ceinture fonctionnelle de Stacey.

Cette salope a enlevé ma princesse.

La bête le consumait presque désormais, rugissant en lui, faisant pulser et brûler les derniers atomes qui lui restaient.

Poussant un hurlement puissant, il se lança à la poursuite de l'hélicoptère.

Il battait puissamment des ailes, et pourtant il ne faisait pas le poids face à l'engin. L'hélicoptère s'éloigna de lui, emmenant non seulement son ennemie, mais aussi sa femme, hors de portée.

La frustration le fit crier, un son primitif et plein de rage qui fit écho à l'intérieur du volcan, tellement fort que même les parois vibrèrent

Il hurla à nouveau.

Il y eut une secousse. Puis une autre secousse ébranla la paroi interne du volcan.

La roche se fissura.

S'effrita.

Un large morceau de la falaise s'effondra et heurta l'hélicoptère, abimant une lame. L'oiseau de métal commença à tanguer dans les airs, perdant de l'altitude et JF s'élança vers lui, s'efforçant d'aller plus vite.

Mais il n'alla pas assez vite. L'hélicoptère heurta le flanc du volcan et quelque chose s'enflamma.

Les flammes engloutirent l'hélicoptère, si rapidement et violemment que les cris ne durèrent que quelques secondes avant de cesser. Avant que tout à l'intérieur de cet hélicoptère ne meure.

Le tas de métal en feu plongea vers le vide, tout comme

son cœur. Il tomba lentement vers le sol, regardant l'épave avec horreur. Une ruine fumante sans aucun survivant.

Elle est morte. Je l'ai tuée.

Cela n'aurait pas dû l'affecter.

Princesse...

Non.

Non. Non. Non. Il eut l'impression qu'un trou se creusait dans sa poitrine et il hurla en se martelant de coups.

Ce ne fut que lorsque l'écho mourut, en ne laissant derrière lui que le crépitement des flammes, qu'il l'entendit au loin.

Un cri perçant.

---

1. Référence au Petit Bonhomme de Pain d'épice, personnage central de contes de fées anglais

CHAPITRE DIX-SEPT

Reprendre conscience sur une épaule nue – en ne bavant qu'un peu – n'était pas la pire chose qui soit arrivée à Stacey. Comme la fois où elle s'était réveillée en étreignant les W.C qui avaient été trop de fois témoins d'incidents provoqués par une surconsommation de chili. Rien qu'en y repensant, elle frémissait.

Elle s'était déjà également réveillée face à des choses bien plus laides que ce joli petit cul qui se contractait dans son string.

Cependant, elle remarqua que ce n'était pas le cul de JF qui s'agitait. Tout comme ce n'était pas sa silhouette qui transportait Stacey dans le tunnel de lave. Et les poils qui la chatouillaient appartenaient clairement à un animal mort.

— Oh c'est dégueulasse, tu portes vraiment une crinière de lion là ?! s'exclama-t-elle.

Maurice souffla et haleta en lui répondant :

— T'es pas censée être réveillée.

— Oh désolée, ta drogue de violeur ne fait déjà plus effet ?

Elle était assez résistante. Comme la plupart de ses

connasses de copines. La faute à l'alcool. La faute à leurs années de rébellion adolescente. Les scientifiques âgés du clan avaient expliqué que leurs gènes de métamorphes métabolisaient les substances plus rapidement. Enfin bref. Cela voulait dire que Maurice avait mal calculé son dosage.

— Ce n'est pas moi qui t'ai droguée. C'est ma sœur.

Sa sœur, c'est-à-dire Jan. Ouh, ça se corsait. Enfin, pas vraiment. Elle avait plus ou moins deviné qu'ils étaient de la même famille. Ils avaient les mêmes yeux sournois.

— C'est ta sœur qui a ordonné qu'on m'administre ces tranquillisants, et pourtant c'est toi qui te retrouves à me porter avec un string et un animal mort sur la tête.

— Je te sauve, dit Maurice comme s'il s'attendait à recevoir des éloges.

— De quoi ?

— De la bataille.

— Je suis en train de rater une bagarre pour ça ?

Elle étira le cou pour regarder en arrière, mais les virages du tunnel l'empêchaient de voir quoi que ce soit. Pff, c'était naze. Elle aurait bien aimé frapper des trucs. Mais la nuit venait à peine de tomber et on était en train de l'enlever. Il y avait encore un espoir que quelqu'un meure ou au moins, pleurniche en appelant sa maman.

— Ne t'inquiète pas. J'ai un endroit où nous serons en sécurité. Ce n'est pas loin.

Heureusement, car vu comment Maurice soufflait, il risquait peut-être de s'évanouir avant. C'était d'ailleurs assez pour qu'une fille se mette à complexer.

Sauf qu'elle savait que JF était capable de la porter sans problème.

Sortant du tunnel, pas le même qu'ils avaient utilisé pour entrer, ils se retrouvèrent dans une nouvelle partie de la jungle, l'herbe de la clairière semblait avoir été foulée de nombreuses fois et les parois rocheuses qui l'entouraient l'enfermaient aussi sûrement qu'une palissade. Il n'y avait pas vraiment d'échappatoire possible.

Pour Maurice.

Tant mieux. Stacey ressentait le besoin de parler au garçon et au moins, ici, personne ne l'entendrait crier.

Maurice la reposa et elle regarda autour d'elle pendant un moment, les murs n'étaient pas recouverts de roche noire, contrairement au tunnel par lequel ils étaient sortis. À l'autre bout de la grande clairière, dont le sol était en grande partie piétiné et sale avec quelques plantes broussailleuses qui luttaient pour se redresser, se trouvait une hutte constituée de rondins rugueux attachés ensemble avec un toit de chaume.

— C'est quoi ça ?

— Mon endroit secret. Il y a un lit à l'intérieur, précisa-t-il.

— Tu m'as amenée dans ton nid d'amour ?

— Je préfère l'appeler le temple de la conception.

Elle se retourna pour le fixer du regard.

— Ton quoi ?

— Le temple. Tu verras bientôt. Je te bénirai comme j'ai béni les autres.

Maurice était donc le Liotaure de la vidéo. Un faux Liotaure. Mais il n'y avait pas que ça. *Il y a un truc qui cloche chez lui.* Elle fronça le nez. Sa lionne intérieure se mit à faire les cent pas.

Ça sent bizarre.

Ce qui n'avait aucun sens. Maurice sentait le lion et la puanteur en était presque accablante et pourtant... quelque chose ne collait pas. Comme si son odeur était factice.

Puis, il y avait cette coiffe qu'il portait. Aucun métamorphe qui se respecte, quelle que soit sa caste, n'aurait osé se déguiser avec la peau d'un animal mort.

— N'y a-t-il pas une règle tacite selon laquelle nous ne devons pas porter la peau de nos ancêtres, même s'ils n'étaient pas aussi évolués que nous ? demanda-t-elle.

— Je suis plus qu'un simple métamorphe, dit Maurice en gonflant la poitrine.

Ses muscles dessinés étaient attirants, mais pas aussi sexy que la silhouette costaud d'un certain whampyr.

— Je suis un dieu.

Elle ne put s'en empêcher. Elle éclata de rire.

Évidemment, il se vexa.

— Arrête ça. Je suis un dieu. Je te signale que ma famille descend de la tribu des Lleyoniias.

— Si tu es un dieu, alors prouve-le. Transforme-toi au lieu de porter une coiffe de fourrure morte.

— Je n'ai rien à prouver.

Elle ricana d'un air dédaigneux.

— Parce que tu ne le peux pas. Tu me fais perdre mon temps.

Elle voulut le contourner, mais il la bloqua. Elle envisagea de le pousser pour qu'il tombe sur les fesses. Ce ne serait pas très difficile.

— Je t'ordonne d'aller dans le temple et de boire le vin sacré. Tout te paraîtra plus clair une fois que tu l'auras fait.

On parie qu'il l'a empoisonné ?

— Je ne boirai pas ton vin.

— Tu es têtue.

— C'est ce qu'on appelle être une femme. Ce que tu saurais peut-être si tu n'avais pas drogué toutes tes partenaires pour coucher avec.

— Je ne les ai pas toutes droguées. La plupart sont venues avec moi de leur plein gré.

— Et sont revenues ensuite sans se souvenir de rien. Comment ça se fait ? T'avais peur qu'elle parle de ton tout petit zizi ?

Son regard appuyé en direction de son pagne aurait pu le faire rétrécir encore plus.

— Je suis un très bon amant. Et si ce n'était pas pour le projet...

Elle l'interrompit.

— Quel projet ?

Qu'avait-elle raté exactement durant cette sieste impromptue ?

— Celui qu'a lancé ma sœur. Le projet de vendre le parfum et les cellules souches de métamorphes et même des ovocytes, au marché noir.

— Il y a un marché pour mes ovocytes ? dit-elle en baissant les yeux vers son ventre, fronçant les sourcils. Donc c'est ça que vous trafiquez ? Mec, t'es mort. Voler les ovocytes et autres trucs sans la permission des hôtes, ce n'est pas cool du tout. Mon roi va te défoncer.

Juste après que Stacey l'ait frappé pendant un moment pour avoir agi comme un connard.

— Ton roi ne me retrouvera pas. Pas si je n'ai pas d'odeur.

Maurice sortit une fiole de son pagne – encore une preuve qu'il ne cachait pas grand-chose là-dessous – et s'aspergea avec. Il passa de lion détestable à...

— Rien du tout. Bordel de merde !

Stacey aurait pu continuer, mais une explosion secoua la zone, assez fort pour faire vibrer le sol sous leurs pieds. Une légère odeur de fumée s'échappait du tunnel, mais le cri de rage primitif qui suivit fut plus intéressant. Prêts à parier que quelqu'un venait de découvrir qu'elle avait disparu ? Et bon sang, qu'est-ce qu'il avait l'air contrarié !

Cela la fit sourire.

— Tu vas avoir de très gros ennuis.

Et puis, comme cela ne lui demandait pas beaucoup d'effort puisqu'elle pouvait facilement imaginer toutes les choses poilues qui rampaient probablement autour d'elle, elle laissa échapper un cri perçant pour mettre fin à tous les autres.

— Arrête ça ! hurla Maurice.

Il plongea vers elle, mais elle l'esquiva.

Elle aurait pu lui régler son compte. Facilement aussi. Mais elle avait le sentiment que quelqu'un avait besoin de se défouler.

Maurice se jeta à nouveau sur elle, cette fois-ci avec une aiguille – encore un truc qu'il sortait de son petit pagne.

— Drogue-moi une fois, honte à moi, drogue-moi une deuxième fois et mon petit ami t'arrachera la tête, chantonna-t-elle.

L'imbécile d'humain qui se prenait pour quelqu'un d'autre s'arrêta alors qu'une ombre le surplombait.

Se relevant avec une grâce qui contrastait avec son apparence monstrueuse, François se joignit à la fête, son air de grande chauve-souris étant désormais plus proche de celui d'une gargouille. Les cornes qui s'enroulaient sur son front étaient un joli détail. Quant à la fumée qui sortait de ses narines ?

C'était incroyable.

— Enfin tu me sauves, c'est pas trop tôt, dit Stacey en croisant les bras et en rejetant ses cheveux par-dessus son épaule.

François, qui, à ce stade était un croisement entre un démon et une gargouille, grogna.

Maurice en revanche couina comme une souris et courut.

Ne jamais courir devant un prédateur.

Jamais.

Autant prendre une pancarte avec écris : « Mangez-moi ».

Maurice disparut dans le tunnel, sa coiffe poilue sautillant sur sa tête, tandis que François s'envolait vers le ciel.

Tapant du pied, Stacey attendit. Il ne lui fallut pas longtemps pour qu'elle entende le hurlement.

Un hurlement interrompu.

Quelques instants plus tard, la bête aux grandes ailes atterrit devant elle, la fumée sortant de ses narines, les yeux rouges.

— T'en as mis du temps.

Il laissa échapper un grognement alors qu'il tendait les mains vers elle, les doigts munis de griffes. Mais il agit délicatement, l'attirant plus près et la reniflant. L'arôme fumé de son musc l'enveloppa et sa peau de cuir fut étonnamment douce. Il enfouit son nez dans ses cheveux avant de presser sa bouche contre son cou.

Elle ferma les yeux et soupira.

— N'est-ce pas agréable ? Toi et moi dans la jungle.

Il renifla, un son qui se transforma en rire alors qu'il se métamorphosait.

— Tu as failli te faire tuer et tu qualifies ça de romantique ?

— Oh, pitié. J'aurais très bien pu m'occuper de Maurice. Mais comme je suis une princesse, il était normal que mon héros vienne à mon secours.

— Je ne suis pas un héros.

— Et pourtant, tu es là. Est-ce que ça veut dire que tu ne veux pas que je félicite le héros en lui donnant un baiser ?

— Ne devrions-nous pas plutôt appeler des renforts ?

Au cas où tu ne l'aies pas remarqué, nous venons de démanteler un réseau criminel qui se servait de votre complexe hôtelier pour récolter des gènes de métamorphes.

— Ça dure depuis des mois et d'après ce que je sens et ce que j'ai entendu, tu t'en es occupé. Alors que peut-il bien se passer de plus pendant les prochaines quinze minutes ?

— Quinze ?

— Oui t'as raison, dit-elle en prenant son visage pour l'attirer plus près. Vu comment je me sens actuellement, je n'aurais besoin que de dix minutes, peut-être même cinq minutes seulement pour jouir.

— Tu ne peux pas me donner des ordres comme ça, princesse.

C'était ce qu'il disait, pourtant, il prit quand même ses cheveux dans son poing. Le mouvement sec lui coupa le souffle.

— Tu préfères que je te supplie ?

Il enroula son bras libre autour de sa taille, attirant ses fesses vers le creux de son aine. Sa bite dure se pressa contre elle.

— Je crois qu'il faut que tu arrêtes de parler.

— Sinon quoi ?

Il trouva le rabat de sa combinaison, celui pour sa queue de lionne qui, si l'on tirait correctement dessus, permettait d'ouvrir le tissu au niveau de l'entre-jambes.

— Tu ne voudrais pas me déconcentrer alors que j'ai déjà prévu quelque chose.

Il glissa ses doigts en elle et elle inspira brusquement, surprise par la rapidité avec laquelle il la pénétrait.

— Et qu'est-ce que tu as prévu ? demanda-t-elle en haletant légèrement.

— De coucher avec toi, chuchota-t-il avant de lui mordiller le lobe d'oreille.

Elle gémit et s'affaissa dans ses bras.

— Il y a un lit dans la cabane, là-bas suggéra-t-elle.

— Trop loin, gronda-t-il contre sa peau. Mets tes mains sur le mur.

Il parlait du rocher et elle s'exécuta, les bords tranchants lui faisant mal, mais pas assez pour refroidir son ardeur alors qu'il glissait ses doigts en elle, d'avant en arrière. Sentant sa peau glissante. Il se servit de l'humidité pour frotter son clitoris.

— Oui, siffla-t-elle.

— Comment ça se fait que j'aie encore envie de toi ?

Effectivement, comment était-ce possible ?

Le bout de sa queue se pressa soudain contre sa fente, prenant la place de ses doigts, épais et prêt à la pénétrer.

Il l'inclina vers l'arrière, exposant ses fesses pour qu'il puisse s'y engouffrer.

Ooooh.

Oui.

Plus profond.

Elle avait probablement parlé à voix haute, car il murmura :

— Aussi profondément que tu le souhaites.

Et il la pénétra plus fort, les premiers coups de reins la pénétrant et touchant son point sensible, la friction déclenchant quelque chose en elle. Quelque chose de puissant qui la consumait de l'intérieur.

Elle cria quand elle jouit. Elle cria et enfonça ses ongles dans la pierre alors qu'il continuait de la pénétrer, encore et encore, la remplissant.

L'étirant.

Jusqu'à ce qu'il jouisse aussi. La chaleur de sa crème la marqua, le contact de sa bouche sur son corps fit de même. Il perça facilement sa peau avec ses dents.

Leurs corps s'unirent.

Leurs cœurs battirent au même rythme.

Un moment doux et sensuel qui aurait pu être bien plus si des idiotes qui étaient venues leur casser leur coup avaient eu un meilleur sens du timing.

— Tu vois, je t'avais dit que cette connasse allait bien. Et putain, c'est qui ce type qui s'envoie en l'air avec elle ?

Stacey grogna :

— C'est le mien.

CHAPITRE DIX-HUIT

Cela faisait deux semaines que JF avait fui la jungle.
Deux putain de semaines depuis qu'il avait vu ou touché Stacey pour la dernière fois.

Une éternité.

Ce n'était pas comme s'il ne savait pas où elle était. Elle était revenue de l'île il y a deux jours, ayant choisi de rester avec une partie de l'équipe – qui avait soudain décidé d'améliorer leur bronzage, du moins, c'était ce qu'elles avaient prétendu durant le chaos qui avait suivi – pendant qu'ils passaient au crible les restes du campement. Oui, il avait gardé un putain d'œil sur l'affaire. Même s'il n'y avait pas grand-chose d'autre à découvrir. Le feu de l'hélicoptère s'était propagé et avait détruit la plupart des preuves. Maintenant que Jan, qui était le lien principal entre la contrebande et le reste, n'était plus là, ils ne pouvaient qu'espérer avoir éradiqué la menace. Et au moins, désormais, les métamorphes étaient prévenus et pouvaient rester vigilants.

Tout pouvait revenir à la normale.

Mais JF s'était enfui avant tout ça. Il était retourné chez lui en courant, les ailes entre les jambes. Il n'avait pas pu rester et ce n'était pas comme si elle avait encore besoin de lui.

Moi si. Sans elle à proximité, il était affamé. Non pas seulement parce qu'il mourait d'envie de boire son sang, c'était plus profond que ça. Son âme, son essence même, pleurait son absence.

Il allait probablement s'en remettre. Tout ce dont il avait besoin, c'était d'un peu de distance. Il parvint à s'éloigner d'elle et pourtant, pas une seconde ne s'écoula sans qu'elle n'occupe ses pensées. Sans qu'il ne la désire plus que tout. Il fut alors d'une humeur assez merdique, encore plus merdique que d'habitude.

Son patron lui en fit la remarque depuis leur cabine de contrôle qui surplombait le club. Un club qu'ils avaient dû délocaliser après qu'un incendie ait détruit le premier.

— Tu sais, quand les gens reviennent d'un voyage paradisiaque aux tropiques, la plupart sont bronzés et souriants.

— Je déteste le soleil.

Et il détestait encore plus le fait que le monde autour de lui ait perdu ses couleurs. Sa vie était redevenue normale – ennuyeuse, grise et sans intérêt. La dernière fois que c'était arrivé, une femme l'avait trahi. Elle l'avait laissé pour mort.

Cette fois-ci... *Je suis responsable de ma propre misère.* C'était lui qui était parti. Pas Stacey.

Quand ces lionnes cinglées les avaient surpris, lui et Stacey dans la jungle, se moquant et le dévisageant, certaines prenant même des photos, il avait observé le chaos qui régnait autour d'eux avec horreur.

Mais qu'est-ce qu'il avait cru ? Non seulement il avait bu le sang de Stacey, étanchant sa soif comme un homme dans le désert, mais il s'était autorisé à s'attacher à elle.

S'attacher à une femme qui ne ferait qu'apporter du bruit et d'autres félins dans sa vie.

Il était fou ou quoi ?

Durant ce moment de lucidité, il s'était éclipsé. Avec le clan sur place, prêt à investir la scène de crime et à protéger Stacey, ils n'avaient plus besoin de lui.

Alors il s'était enfui. Il s'était enfui et s'était caché comme un putain de lâche, fuyant la seule femme qui le faisait se sentir vraiment vivant. Une femme qui avait envie de secouer son univers aseptisé.

C'était mieux comme ça et peut-être qu'il finirait par y croire.

— Au fait, je vais avoir besoin de toi à l'étage ce soir, remarqua Gaston. Reba organise un enterrement de vie de jeune fille pour l'une de ses amies.

— Donc des félins, dit-il en grimaçant.

— Je préfère les considérer comme nos amis et nos alliés.

— Pourquoi tu ne pouvais pas faire comme les autres riches et prendre un chien ? grommela JF en quittant le bureau.

Pendant un instant, il resta en haut des escaliers, observant la foule.

Il y avait du monde ce soir. Mais toutes les nuits étaient très mouvementées. Depuis que Reba sortait avec Gaston, toute la communauté cryptide semblait penser que le club était *la* boîte où faire la fête.

Le rythme de la techno qui pulsait à travers les haut-parleurs le submergea, l'empêchant d'entendre quoi que ce soit d'autre. Mais il n'avait pas besoin d'entendre. Car il pouvait sentir. Les sens en alerte, il sentit sa peau le picoter.

Elle n'est pas loin. Une connexion qu'il avait envie de nier existait entre eux.

Il scruta la pièce du regard et les mouvements et les couleurs le déconcentraient, mais pas assez pour la repérer.

Debout en haut des escaliers, il l'observa. Stacey était plus ravissante que jamais. Elle se fraya un chemin parmi la foule de clients, vêtue d'une tenue qui rappelait les couleurs du paon, sa robe était d'un turquoise éclatant orné de touches or, bleues et vertes. Ses cheveux flamboyants étaient relevés et attachés par un ruban, dévoilant son cou gracile – un trait putain d'attrayant pour quelqu'un comme lui. Des plumes de paons avaient été rajoutées sur le haut de son chignon et rebondissaient au-dessus de sa tête.

Ça ne me gênerait pas de la voir rebondir au-dessus de moi. Le désir l'attrapa soudain, rapidement et furieusement.

Son bustier serré à la taille s'évasait sur ses hanches et laissait entrevoir un tout petit tutu. Et dans son dos pendait une écharpe striée de couleurs semblables à celles du paon.

Seule Stacey avait assez confiance en elle pour porter ce genre de tenue tout en étant magnifique. D'une main, elle portait un plateau sur lequel se trouvaient des verres dont plusieurs étaient ornés de couleurs pastel. Il y avait également quelques verres de vin rouge. De l'autre, elle tenait un second plateau en équilibre avec des verres à shots remplis d'un liquide clair. Les citrons tranchés sur le côté indiquaient qu'il s'agissait de Tequila.

Beaucoup d'alcool. Elle avait prévu de se saouler.

Je m'en fiche. Qu'elle se bourre la gueule.

Et pourtant, il continuait de jeter des coups d'œil en direction de la pièce dans laquelle elle avait disparu. Celle-ci était utilisée pour des soirées privées.

Il était censé surveiller la soirée. C'était le patron qui l'avait dit.

Ne va pas là-bas.

Avait-il peur de ne pas pouvoir se contrôler ?

Oui.

Ces deux dernières semaines n'avaient rien fait pour

atténuer sa faim, au contraire, elles n'avaient fait qu'accentuer son désir. Le faisant brûler de l'intérieur.

La bête en lui était affamée.

Avant même de réfléchir, JF se retrouva devant la pièce. Il entendit le rire rauque des femmes, de plusieurs femmes, mais il n'y en avait qu'une qui avait un rire clair et semblable à celui d'une clochette en argent.

Il ne put s'empêcher de jeter un coup d'œil par la grande arche, écartant les voiles qui protégeaient la pièce des regards indiscrets.

À l'intérieur, les lumières clignotantes du club avaient disparu, la lueur était plus faible et douce. Des canapés longeaient les murs et étaient occupés par des femmes, la plupart étant blondes. Certaines étaient assises, d'autres étaient allongées sur le dos. Leurs styles allaient du grunge décontracté aux tenues haute couture avec des talons.

Les talons les plus hauts appartenaient à Stacey. Et ils étaient sur le sol, au milieu de la pièce. Quant à leur propriétaire ? Elle et plusieurs autres filles avaient découvert le tissu suspendu au plafond. Elles s'étaient enroulées dedans pour danser de façon aérienne, s'enroulant et se déroulant dans le voile, remontant jusqu'en haut pour se laisser retomber, comme si elles allaient s'écraser par terre.

Il tendit la main pour immédiatement la retirer.

N'y va pas.

Il fallait qu'il s'en aille. Mais il n'y arrivait pas. Stacey croisa soudain son regard. Il y eut comme un courant électrique qui crépita entre eux.

Il l'entendit presque murmurer.

Enfin, te voilà.

Quelque chose l'attira. Il s'avança dans la pièce avant de réaliser qu'il était à nouveau en train de perdre le contrôle.

Il fallait qu'il soit plus fort.

Incapable de rester ici, assez près pour qu'elle lui embrouille l'esprit, il tourna les talons et se fraya un chemin parmi la foule de la salle principale, se dirigeant vers la sortie, là où il pourrait respirer l'air frais. Cela lui ferait du bien de se vider la tête.

Alors qu'il sortait, d'autres clients affluèrent, une bande de gars vêtus de costume qui puaient la panthère à plein nez. Ces foutus félins se multipliaient de partout.

L'un d'entre eux, un grand type aux cheveux gominés, l'arrêta.

— On est là pour un enterrement de vie de jeune fille.

— C'est à l'intérieur, dans la pièce du fond, lui indiqua JF.

Il essaya de ne pas se soucier du fait que ces hommes allaient rejoindre les filles.

Je croyais que les enterrements de vie de jeunes filles ce n'était qu'entre nanas.

Sauf quand il y avait des strip-teaseurs.

Affaissé contre le mur, il se redressa. Un homme qui se déshabille et agite son truc devant Stacey ?

Il n'en avait rien à faire.

Alors pourquoi retournait-il à l'intérieur ?

Et pourquoi les gens hurlaient-ils ?

— Ils sont armés !

Bang ! Bang !

Il entendit les coups de feu et déboula dans le club, le flot de personnes qui s'échappait lui barrant la route.

— Écartez-vous de mon chemin !

Il traversa la mer de corps et les gens s'écartèrent face à son pas lourd pour qu'il puisse passer.

Quand il arriva dans l'arrière-salle, où évidemment, l'incident venait tout juste d'avoir lieu, il ne restait plus que quelques femmes, des félines menottées aux barres de striptease situées dans chaque angle que Gaston avait fait installer quand ils avaient délocalisé le club.

— Putain, mais qu'est-ce qu'il s'est passé ? demanda-t-il, son regard passant d'un visage à l'autre.

Aucune d'entre elles n'était blessée. Et il en manquait une.

— C'est l'ex de Stacey ! s'exclama Reba. Il vient de débarquer avec sa bande et ils nous ont menacés avec des armes.

— Et ils ont tous réussi à vous neutraliser ?

Cela lui paraissait assez improbable.

— Votre système de sécurité est naze, déclara Luna.

— Ne vous énervez pas contre moi parce qu'ils ont pris le dessus sur vous, grogna-t-il. Où est Stacey ?

Car il ne voyait ses cheveux roux flamboyant nulle part.

— Il l'a emmenée !

— Ils nous ont menacées avec des armes pour qu'on la laisse partir avec lui.

— Je crois qu'il veut lui faire du mal, ajouta une autre femme.

Quoi ?

Il avait peut-être parlé en rugissant, il n'était pas sûr. Il péta les plombs en se dirigeant vers la sortie la plus proche, suivant l'odeur des panthères. Déboulant dans l'allée, il aperçut le clignotement lointain des feux arrière rouges. Et une seule plume gisait sur le sol.

Le monstre en lui se libéra immédiatement.

CHAPITRE DIX-NEUF

La porte vitrée coulissante éclata en mille morceaux quand il se jeta dessus.

Stacey sourit.

— Ah ben c'est pas trop tôt.

Mais ce qu'elle ne lui dit pas, c'était à quel point elle était soulagée qu'il soit venu. Quand elle avait élaboré le plan avec ses connasses de copines, elle n'était pas certaine que François agirait. Après tout, le type avait fui le paradis tropical sans dire un mot.

Elle lui avait laissé un peu d'espace. Assez longtemps pour qu'il puisse reconnaître ses erreurs.

Il scruta les alentours et fronça les sourcils.

— Pourquoi est-ce que ton ex-petit ami est évanoui sur le sol ?

— Je lui ai peut-être donné un coup sur la tête.

Cet imbécile avait vraiment cru que lui et sa bande avaient pris le dessus sur ses connasses de copines. La façon dont elles avaient dû se retenir quand il avait débarqué dans l'arrière-salle en brandissant son petit pistolet avait été presque comique.

— Donc, en d'autres mots, tu n'avais pas besoin que l'on vienne à ton secours ?

— Non, dit-elle en secouant la tête. Mais toi, oui.

— De quoi tu parles ? Ce n'est pas moi qui ai toujours des ennuis.

— Exactement. Tu es monsieur « je joue la sécurité » et tu ne prends jamais de risques.

Il avait préféré fuir plutôt que de voir ce qui pourrait se passer avec Stacey à l'avenir.

— Je prends tout le temps des risques, à moins que tu n'aies pas entendu ce qu'il s'est passé au volcan ?

— Tu veux une médaille ? Tu sais te battre. Youhou. Tout comme moi et mes connasses de copines. Et si tu prenais le risque de sortir avec moi ?

— C'est de ça qu'il s'agit ? Tu veux que je sois ton petit-ami ? dit-il en croisant les bras sur la poitrine. C'est pathétique.

— Non, ce qui est pathétique, c'est que tu n'arrives pas à dire : « Stacey, je t'aime et j'ai envie d'être avec toi ».

Il tressaillit.

— On se connaît à peine.

— Et ? C'est le cas de tous ceux qui commencent à sortir ensemble. C'est pour ça qu'on a des rencards. Qu'on dîne ensemble. Qu'on couche ensemble. Puis on mange à nouveau dehors. On couche à nouveau ensemble.

— Tu n'as pas envie d'être avec moi.

— Étant donné qu'il s'agit bien de mon corps et de ma tête, je suis assez certaine de ce que je veux.

— Je ne peux pas être avec toi. Tu sais très bien pourquoi.

— Oh si, tu peux. OK, une salope te l'a mise à l'envers, et alors ? On n'est pas toutes comme ça.

— D'accord très bien. Toutes les femmes ne sont pas

nazes. Mais ça ne marchera quand même pas. As-tu oublié que j'étais un whampyr ?

— Je sais. Totalement sexy.

— Pas sexy si tu penses au fait que je ne suis plus un humain.

— Moi non plus.

Ne comprenait-il pas qu'elle s'en fichait ? Pour elle, il était toujours le même à l'intérieur. L'homme qu'elle aimait.

— Je bois du sang pour survivre, dit-il en retroussant les lèvres pour lui montrer ses dents.

Elle fit de même.

— Et moi j'aime mes steaks saignants. Quoi d'autre ?

— Je ne pourrai jamais avoir d'enfants.

Elle fronça le nez.

— Ces petites choses bruyantes. En plus, ils ont constamment besoin qu'on les supervise non ? Je ne préfère pas en avoir.

— Tu dis ça maintenant, mais...

Elle secoua la tête.

— Si tu as peur que je ne me découvre soudain une fibre maternelle, alors oublie. Si je ressens le besoin de jouer à la maman pour une journée, j'emprunterai le bébé d'une de mes copines pour quelques heures. Un peu moins s'il fait caca, expliqua-t-elle en frissonnant. Les couches ce n'est pas mon truc.

— Et si je perds le contrôle avec toi ?

— J'espère bien que tu le feras oui.

— Je pourrais...

— Me faire du mal ?

Elle se mit à rire.

— Soit tu as une trop haute opinion de toi-même soit tu me sous-estimes. Écoute-moi mon joli. La seule chose qui me fera du mal, c'est si tu ne viens pas m'embrasser tout de suite.

— Je n'en ai pas envie, dit-il d'un air têtu et irascible.

— Si. Viens ici tout de suite.

Elle montra l'emplacement du doigt et en un clin d'œil, il fut là, la surplombant, sa force virile la faisant frémir.

— Si nous faisons ça, je veux que tu prennes en compte le fait que les whampyrs vivent en groupe. Nous n'aimons pas être seuls.

— T'as rencontré mon clan ou quoi ? On sera chanceux si on arrive à être seuls cinq minutes. Même les meilleurs verrous ne font pas le poids face à elles.

— Tu parles toujours trop, s'agaça-t-il, l'attirant plus près. Et je dois être complètement malade, parce que ça me manque.

— Parce que tu m'aimes chantonna-t-elle.

— Ferme-la, grogna-t-il en prenant sa bouche.

Le baiser fut brûlant, leur séparation n'ayant fait qu'accentuer leur excitation l'un pour l'autre. Leurs souffles erratiques se rencontrèrent alors que leurs dents et lèvres se heurtaient. Le désir tourbillonnant leur fit tirer sur les vêtements de l'autre.

Ils les déchirèrent, souhaitant simplement être peau contre peau.

La bouche de JF quitta la sienne pour glisser sur sa mâchoire, lui mordillant la peau au passage. Il positionna ses lèvres sur le pouls de son cou et elle gémit.

— Goûte-moi.

— On devrait arrêter, grogna-t-il, s'écartant et elle vit à travers ses yeux mi-clos ses crocs tranchants qui dépassaient de sa bouche.

Il était temps de lui prouver une bonne fois pour toutes qu'il n'avait pas à avoir peur. Elle l'attira plus près.

— Goûte-moi, dit-elle d'une voix rauque et autoritaire.

Il succomba avec un gémissement, le bout tranchant de ses dents pénétra sa peau et la pression forte qui s'appliqua alors qu'il suçait titilla immédiatement son sexe.

Celui-ci pulsa en même temps qu'il avalait.

Il ne but qu'un moment avant de relâcher sa peau en gémissant.

— Putain, princesse, tu es parfaite.

Il l'embrassa à nouveau, la laissant goûter la saveur cuivrée de son sang. Cela ne fit qu'attiser cette avidité qui la submergeait. Comme elle avait envie, ou plutôt besoin qu'il s'enfonce en elle !

Elle enroula ses doigts dans ses cheveux, ouvrant la bouche pour que leurs langues puissent s'entremêler. Une cuisse dure et épaisse se positionna entre ses jambes et lui procura une friction qui était la bienvenue contre son sexe. Elle haleta, son souffle rebondissant sur ses lèvres.

— Tu me rends fou, admit-il.

— Tant mieux.

Parce qu'avec elle, il se sentirait en vie. Sans faire preuve de contrôle. Capable de baisser sa garde et de faire confiance.

Leur baiser se termina lorsqu'il la fit légèrement pencher en arrière, l'orientant de manière à ce qu'il puisse descendre ses lèvres le long de sa gorge. Puis jusqu'à sa poitrine, sa bouche laissant un sillon chaud sur son passage. Son souffle chaud caressa ses tétons, la faisant frissonner. Il aspira l'un de ses mamelons dans sa bouche, le suça et le mordilla doucement. Elle sentit un électrochoc jusque dans sa chatte.

Elle haleta, ses doigts s'enfonçant dans ses épaules musclées alors qu'elle se cambrait.

Il se fichait qu'elle se torde et le supplie. Sa bouche

continua d'aspirer son téton. Il le prit plus profondément dans sa bouche.

— Maintenant, le supplia-t-elle.

— Tu es prête ? demanda-t-il, son souffle chaud contre ses lèvres.

— Touche-moi et tu verras.

S'il te plaît, touche-moi. Cela faisait si longtemps.

Il descendit ses doigts jusqu'à ce point entre ses jambes, frottant son clitoris, s'enfonçant dans son miel.

— J'ai envie de goûter.

— Plus tard. J'ai besoin de toi.

Quand il hésita, elle ajouta doucement :

— S'il te plaît.

Il gémit en la hissant vers le haut. Elle enroula légèrement les jambes autour de sa taille, lui faisant assez confiance pour qu'il la tienne alors que ses mains agrippaient sa bite et la guidait jusqu'à son sexe. Elle prit un moment pour frotter le bout de son membre contre son clitoris, son souffle devenant erratique à cause des sensations que cela lui procurait. Mais cela faisait trop longtemps, elle ne pouvait plus attendre. Elle aligna son sexe avec le sien et se tortilla pour y faire entrer le bout. Puis, elle resserra ses membres autour de lui, l'attirant plus près, enfonçant profondément sa bite en elle.

Il la saisit par le cul et se mit à la faire rebondir, la soulevant et la faisant tomber sur sa queue, la maintenant en l'air grâce à ses bras puissants, son membre s'enfonçant profondément à chaque fois. Sa chatte se serrant autour de lui à chaque coup de reins, accentuant son plaisir. Elle se crispa tout entière alors qu'elle courait vers ce pic orgasmique.

Et quand elle l'atteignit, quand tout en elle se figea pendant une seconde avant de pulser, elle le mordit.

Assez fort pour lui entailler la peau. Elle goûta son sang,

l'entendit gémir bruyamment, puis il la mordit aussi, tous les deux unis, chair contre chair, unis par leur sang, par leurs âmes.

Pour toujours.

Et bien sûr, son imbécile d'ex-petit ami choisit ce moment pour dire :

— Ôte tes mains de ma meuf.

Il n'aurait pas dû dire ça. Mais pour la défense de François, Michael n'aurait pas dû choisir de la kidnapper et de la retenir prisonnière au dernier étage. Ils n'avaient même pas pu relever ses empreintes dentaires pour l'identifier quand ils l'avaient ramassé par terre, ce qui voulait dire que personne ne savait qui il était et d'où il avait sauté. Au moins comme ça, on ne les interromprait plus, et ils en avaient bien besoin, car dès que JF eut fini de jeter Michael du balcon, il se retourna vers elle et lui dit :

— Tu es à moi.

C'était l'une des choses les plus sexy qu'on ait fait pour elle, et c'est pourquoi, quelques minutes plus tard, François eut droit à la plus belle pipe de sa vie sous la douche.

Ils ne quittèrent pas la chambre d'hôtel pendant cinq jours.

Nouveau record.

ÉPILOGUE

— Non.

Il paraissait si ferme.

— S'il te plaît, l'implora-t-elle en battant des cils.

Cela ne marcha pas.

— C'est toujours non, princesse.

— Mais je l'ai fait faire spécialement pour toi.

Stacey agita le costume du bout des doigts et sourit.

François ne céda pas.

Même après avoir fait l'amour.

Elle fit la moue.

— Comment sommes-nous censés remporter le titre du couple le plus mignon si tu ne veux pas porter de costume ?

— Je refuse d'être émasculé de la sorte. Pas de costume.

— Mais les gagnants sont censés recevoir une très belle bouteille de champagne.

— Je la volerai pour toi.

— Je pourrais la voler moi-même si je la voulais vraiment.

— Écoute, si tu veux absolument aller à cette fête, j'irai.

Mais quand il la vit sourire, il ajouta :

— En étant moi-même. Cependant, j'avais une meilleure idée pour ce soir, dit-il en l'attirant plus près. Enlève ta culotte.

Si elle avait été une autre femme, elle lui aurait sûrement demandé pourquoi. Elle remonta sa jupe et baissa sa culotte. Allô ? Tout ce qui nécessitait d'enlever sa culotte était forcément fun.

— Et maintenant ? demanda-t-elle, alors que l'anticipation la chatouillait.

— Accroche-toi bien, parce qu'il n'y a pas de filet de sécurité dans les nuages.

Comment voulez-vous qu'elle ne soit pas amoureuse de cet homme ? Même s'il affichait toujours une mine terriblement renfrognée, qu'il ne riait pas ni ne souriait facilement, il savait comment la rendre heureuse.

Et pas seulement parce qu'il venait de lui offrir une partie de jambes en l'air extraordinaire à plusieurs mètres du sol, mais parce qu'après, il l'attira tout près et lui murmura :

— Je t'aime, princesse.

Et comme elle était une sale morveuse, elle sortit son appareil photo et cria :

— Essayez de faire mieux les connasses !

Puis elle y ajouta les hashtags : #soyezjalouses #tellementamoureux #envoyeznousdespaniersgarnisetdescolombes. Oh et puis merde, #envoyezjustedescolombes.

QUELQUES SEMAINES PLUS TARD, au service technique du clan, connu comme étant la seconde chambre de Melly...

La lettre, avec son logo sérieux apposé dans le coin, se

moquait d'elle. Comment le gouvernement osait-il l'auditer ? Elle avait rempli sa déclaration de revenus, déduit ses charges et maintenant ils lui demandaient de les justifier.

Comme si elle avait besoin de justifier son envie de passer la journée au spa après une dure semaine de travail. Étant une passionnée d'informatique, Melly passait beaucoup de temps assise. C'était presque le médecin qui lui avait ordonné de prendre un jour de congé et de laisser quelqu'un la masser et chouchouter son pauvre corps. Sauf qu'apparemment, elle avait besoin d'une prescription médicale et plus encore pour certaines déductions de charges.

Comme sa comptabilité créative n'était pas appréciée, elle se retrouvait désormais dans une position délicate.

— Hum, hum.

La tête baissée, le cul en l'air, cherchant le post-it qui était tombé de la liasse de papiers qu'elle tenait dans ses mains, elle jeta un coup d'oeil entre ses jambes, la tête en bas, et observa le pantalon parfaitement repassé du type qui se trouvait derrière elle. Et qui était manifestement un humain, car un métamorphe mâle aurait probablement eu un geste déplacé, comme lui donner une tape sur les fesses ou essayer de monter sur celles-ci. Elle l'aurait probablement mutilé également – mais seulement s'il avait été repoussant au lieu de sexy.

— Qui vous a laissé entrer ? demanda-t-elle.

Car elle ne se souvenait pas avoir entendu frapper ou sonner.

— La porte était grande ouverte et personne ne m'a répondu quand j'ai appelé.

— Vous êtes le gars du fisc ? le questionna-t-elle en repérant le post-it qui était collé sur la semelle de sa chaussure.

Le récupérant, elle se releva, pas très haut, puisqu'elle

faisait à peine plus d'un mètre cinquante, et leva les yeux vers l'humain. Encore et encore.

Debout en costume, avec une cravate impeccablement nouée et des lunettes à monture épaisse, se trouvait un intello sexy.

Je nous verrais très bien jongler avec les chiffres ou avec autre chose... Toute la nuit. Grrr.

Fin... Jusqu'à ce que Melly se mette à fréquenter un contrôleur des impôts qui est bien plus que l'intello qu'elle voit en lui dans le prochain **Le Clan du Lion**

www.ingramcontent.com/pod-product-compliance
Lightning Source LLC
LaVergne TN
LVHW041628060526
838200LV00040B/1485